배상환 인터뷰 글 모음집

라스베가스에서
내가 만난 한인들

Korean - Las Vegas I have had the
pleasure of meeting

배상환 (라스베가스 서울문화원장)

Sang Whan Bae

오늘의문학사

■ 서문

라스베가스에도 좋은 사람들이 많이 살고 있음을 알리고 싶어 이 책을 낸다.

2009년 4월부터 2010년 2월까지 라스베가스에서 월2회 발행되는 종합정보지 〈Las Vegas & Korea〉에 썼던 "L&K 초대석" 인터뷰 20회분의 글 모음집이며 〈라스베가스 세탁 일기〉(시집, 2003년), 〈라스베가스 문화 일기〉(컬럼집, 2005년), 〈라스베가스 찬가〉(컬럼집, 2008년)를 잇는 라스베가스에 대한 나의 네 번째 사랑 고백서이다.

초대석에 나와 귀중한 말씀을 해주신 분들과 올해 결혼 30주년을 함께 맞은 사랑하는 아내와 정성을 다해 부모에게 효도하는 두 아들 가정, 귀한 인터뷰의 기회를 마련해준 〈L&K〉 이상휘 사장과 편집부 직원들, 두 번씩이나 책 출판으로 인연을 이어가고 있는 오늘의문학사 식구들, 그리고 겉으로 보기엔 세상에서 가장 화려한 것 같지만 속으론 세상에서 가장 외로운 도시 라스베가스와 그 곳에서 살고 있는 모든 한인들에게 이 책을 바친다.

2010년 12월
배 상 환

차례

☕ 이 순 환 (원로 정신과 전문의)

경제 불황 속 원로와의 대화

배상환 원장(이하 '배') : "3월이 중순에 접어들었는데도 아직도 아침, 저녁 공기는 꽤 차갑게 느껴집니다. 오늘 아침 운전 중에 서쪽 산을 바라보니 아직도 봉우리엔 하얀 눈들이 그대로 덮여 있어 라스베가스에 아직 봄이 완전히 온 것은 아니구나 하는 생각도 해 보았습니다.

이 박사님 그동안 안녕하셨습니까?"

이순환 박사(이하 '이') : "지난번 소프라노 허미경, 허미정 초청연주회 때 우리가 만났었죠. 그날 연주가 참 좋았습니다. 다른 분들도 다들 즐거워하더군요. 서울문화원에서 수고를 많이 하셨어요."

배 : "청중들도 좋아하셨지만 초청 받아 온 연주자들 역시 음악회 분위기에 무척 좋아하는 눈치였습니다. 자신들이 생각했던 라스베가스와 실제 와서 본 라스베가스가 너무 달라 깜짝 놀랐다는 이야기도 제게 했습니다.

이제 먼저 〈L&K〉 독자들을 위해 박사님에 대해 간략히 소개 좀 해주십시오."

이 : "1934년 서울에서 태어났고요. 서울고등학교, 서울대학교 의과대학을 졸업했으며 육군 군의관과 서울 청량리 뇌병원 정신과 의사로 근무했고 미국으로 건너와 미시건 및 오하이오 주 정신과 전문의로 30년가량 일 하다가 1999년에 은퇴하고 2000년에 라베가스로 이주해 왔습니다."

배 : "오늘의 경제사정이 대단히 나빠 거의 모든 사람들이 현재 힘들어하고 있습니다. 언론에서는 계속해서 대공황 이후 최대의 위기, 제2차 세계대전 이후 최고의 경제대란 등의 표현을 쓰고 있어 우리를 불안하게 하다 못해 두려움까지 느끼게 하고 있습니다. 그러나 이럴 때일수록 우리는 지혜를 모아 이 어려움을 잘 이겨 나가야겠기에 오늘 박사님을 모시고 말씀을 듣고자 합니다. 박사님께서는 오늘의 상황을 어떻게 보십니까?"

이 : "내가 미국에 온 후 이와 비슷한 경기침체를 서너 번 겪었습니다. 특히 아이들이 대학교에 다니고 있을 때 경험했던 고통은 지금도 기억에 생생히 남아있습니다. 경기침체가 언제 끝날까 하며 기다려도 한없이 지속되더군요. 주위의 한인들도 몹시 불안해하고 더러는 술을 마시며 고충을 이겨 보려는 사람들도 있었습니다. 말씀하신 대로 이번 경기침체가 30년대의 대공황에 버금가게 심하다고 합니다. 이는 내가 세상에 나올 때쯤 입니다. 이곳 사람들 가운데는 그때 자기 아버지가 자살했다면서 눈물을 글썽이는 사람도 보았습니다. 미루어 그때의 고통을 짐작할 수 있겠지요.

내가 미시간에 살 때인데 경제침체에 쇼크를 받았던 한인들이 그 정체를 알려고 경제학자를 모셔다 간담회를 가졌던 기억이 납니다. 그 당시 University of Detroit에 경제학을 전공한 송교수라는 분이 계셨습니다. 몸집이 작은 분이셨는데 Recession에는 L형, V형 같은 진행형들이 있다는 말씀을 하면서도 결정적인 말은 안 했던 것으로 기억됩니다. 우리 한인사회에 이런 경제학자가 계시면 한 번 모시고 얘기를 듣고 싶습니다. 내 나름대로 신문이나 잡지의 경제난을 살펴봅니다만 필자들 마다 뚜렷한 결론은 삼가고들 있습니다. 세상만사에는 Cycle이 있으니 이를 지켜보며 인내심을 키워야지요."

배 : "언젠가 박사님께서는 어느 책자에 세계보건기구(WHO)의 '건강이란 육체적, 정신적 그리고 사회적으로 행복한 상태이다.' 라는 건강의 정의를 소개하신 적이 있으신데 저는 당시 그 글을 읽고 크게 놀란 적이 있습니다. 왜냐하면 그것은 제가 종래 가지고 있던 건강에 대한 개념을 훨씬 뛰어 넘는 것이었기 때문이었습니다. 사람이 그저 밥 잘 먹고, 잠 잘 자고, 아픈데 없이 사회생활 잘 한다면 그것이 건강이라고 생각해왔기 때문입니다.

육체적, 정신적, 사회적으로 행복한 상태를 건강이라 할 때 행복한 상태란 어떤 것입니까?"

이 : "참으로 어려운 질문입니다. 육체적, 정신적 건강이란 자신이 가지고 있는 능력을 만족스럽게 발휘할 수 있다면 건강하다고 말할 수 있고, 사회적인 면은 때와 장소에 따라 달라질 수 있겠지만 우선 가정이라는 사회구조를 생각하면 쉽게 이해

할 수 있을 것입니다."

배 : "헤르만 헤세의 '인생에게 주어진 의무는 다른 아무것도 없다./ 그저 행복 하라는 한 가지 의무뿐/ 우리는 행복하기 위해 세상에 왔다.' 라는 말이 생각납니다. 인간의 삶 가운데 행복이 최고의 가치라는 말로도 들립니다. 행복을 소유한 상태가 건강이라는 표현에도 깊이 공감하고요."

이 : "행복이란 다분히 주관적인 정서상태가 아니겠습니까? 외부적인 작용인 마약이나 각성제 또는 술 같은 물질을 취하지 않고 가지는 주관적인 정신 상태이지요. 또한 최면상태에서 경험하는 황홀경은 배제되어야 합니다."

배 : "어떤 정신과 의사는 미국에 이민 와서 살고 있는 한국인 90% 이상이 현재 정신이상 증세를 보이고 있다고 했습니다. 이 말에 대해 박사님의 생각은 어떠하신지요."

이 : "글쎄요? 누구나 때로는 정신이상 증세를 가질 수 있습니다. 그러나 이 상태가 지속되어서 일상생활에 지장을 준다면 문제가 되는 것입니다. 이런 일시적인 정신이상 상태는 미국에 와서 살고 있는 한국인에게만 나타나는 현상은 아닙니다. 나는 그 의사의 주장에 대해서는 잘 알지 못합니다."

배 : "언젠가 박사님께서는 '정신이 이상한 정신과 의사' 라는 제목의 글을 쓰셨던 것으로 기억됩니다. 어떤 내용의 글이며 실례지만 그것이 본인에 대한 이야기인가요?"

이 : "네. 나를 두고 한 말입니다. 남이 하는 일을 이해할 수 없을 때 사람들은 '그 사람 돈 것 아닌가?' 라고 말하는데 그 정도의 표현입니다. 웃자고 쓴 글이었는데 사람들은 정신과

의사가 한 말이니 무엇인가 깊은 뜻이 있겠지 하며 무겁게 받아들여 많은 사람들을 머리 아프게 했던 글이기도 합니다.

내가 미시간에서 살다가 남들이 흔히 은퇴해서 가는 플로리다나 캘리포니아로 가지 않고 고스톱도 칠 줄 모르는 사람이 라스베가스로 간다고 하니 이를 이상하게 생각한 주변 친구들이 내게 농담으로 했던 말입니다. 그러나 얼마 후 그 친구들 가운데 여러 명이 은퇴하고 라스베가스로 왔습니다. 이곳으로 이사 오고 싶으면서도 좋은 시기를 놓친 친구들은 미시간의 집이 팔리지 않아 지금도 속상하다고 하소연을 하고 있습니다.”

배 : “세계적으로 통용되고 있는 정신과와 관련된 이론들은 어떤 것이 있습니까?”

이 : “약 40년 전까지만 해도 심리학의 이론이 많이 적용했습니다. 요즘은 신경, 특히 중추신경계의 물리적 화학적 변화를 많이 찾아내어서 정신질환에 관한 지식이 괄목하게 늘어났습니다. 따라서 치료약도 많이 개발되었고요.”

배 : “어떤 책을 읽는 것이 정신 건강에 좋을까요?”

이 : “논리가 정연하고 복잡하지 않고 내용이 단순한 책들이 좋습니다. 그러나 무엇보다도 자신의 관심과 흥미가 유발되는 책이어야만 합니다. 재미없는 책은 때로 고통이 될 수도 있지요. 몇 년 전 이시형 선생께서 쓰신 책을 재미있게 읽었습니다. 그 책 제목이 ‘나도 신나게 살 수 있다.’ 라고 기억합니다.”

배 : “라스베가스 한인들이 지금보다 행복한 삶을 살기 위해서는 어떠한 일들을 해야 한다고 생각하십니까?”

이 : “나의 라스베가스 생활도 이제 9년째 접어들었습니다.

내가 권하고 싶은 것은 영어를 열심히 배우라는 것이죠. 언어 습득은 생활능력 향상에 필수 조건입니다. 그리고 법률지식을 될수록 많이 습득하라는 것입니다. 미국은 법치국가이므로 합법적인 행위에 대해서는 법의 보호를 받게 되어 있습니다.

얼마 전부터 '카더라' 라는 이상한 말이 우리 주변에 쓰이고 있습니다. 아마도 잘못된 정보 또는 불확실한 지식 같은 것을 책임감 없이 말할 때 쓰이는 것 같은데 모두에게 이롭지 못한 말이므로 모두가 삼가야합니다.

그리고 기초적인 민사법 및 형사법의 지식을 갖추고 있으면 살아가는데 훨씬 자신을 가지게 됩니다. 법률가들을 초빙하여 강좌를 열든가 이곳에서 발행하는 지역신문에 '법률상식' 또는 '법률 문답' 같은 기사를 내주면 어려운 법률용어를 익히지 않아도 미국서 생활하는데 큰 도움이 되리라 생각됩니다."

배 : "박사님께서도 가끔씩 화를 내십니까? 그리고 외부 혹은 타인으로부터 생겨난 분노나 언짢음은 어떻게 해결하십니까?"

이 : "내가 화를 내느냐고요? 그럼요. 하지만 젊었을 때 비하면 화내는 일이 많이 줄었습니다. 사람들이 나이를 먹으면 위험하거나 힘든 일은 될수록 피하지 않습니까? 나도 자연히 힘겹지만 소용이 없는 일은 될수록 피합니다. 정신분석학에서 이런 적응방식을 Avoidance(기피)라고 합니다.

타인으로부터 분노나 언짢음을 당하게 될 때 나는 당면한 문제의 성질과 상대방의 인격의 성숙도를 감안해서 결정을 합니다. 문제가 중요할 때에는 채찍도 들어야지요. 그러나 문제가 그렇게 중요하지 않고 상대방의 인격의 성숙도가 낮다고 생각되면 대결을 피합니다. 남이 보기에 비겁하다고 보겠지만 오랜 인생살이에서 얻은 지혜입니다."

배 : "가족을 좀 소개해 주십시오."

이 : "아내, 이명순과 사이에 아들 하나, 딸 둘이 있고 그리고 손자 둘, 손녀 둘이 있습니다. 라스베가스에는 아내와 둘이 핸드슨에서 살고 있습니다."

배 : "이제 끝으로 경제적으로 어려워하는 많은 사람들에게 힘이 되는 한마디 말씀을 해 주십시오."

이 : "어느 잡지에서 봤는데 작년에 작고한 노벨 경제학상을 받은 Milton Freedman의 경제 이론이 이번 사태를 계기로 맞지 않는 것이 증명되었다고 합니다. 그러니 경제 지식이 아주 부족한 내가 무슨 말을 할 수 있겠습니까? 다만 우리 민족은 인내심이 강한 민족이니, 이 어려움을 슬기롭게 견디어 보자는 한 마디 뿐입니다."

배 : "긴 시간 동안 좋은 말씀을 해주서서 대단히 감사합니다."

권 길 상 (작곡가)

"꽃밭에서"

배상환 원장(이하 '배') : "안녕하세요. 〈L&K 초대석〉에 권 선생님을 모실 수 있게 되어 대단히 영광입니다. 제가 어릴 때 동요 '꽃밭에서' '과꽃' 을 불렀고 또 얼마 전 제 아이들이 그 노래를 불렀고, 아직은 어리지만 이제 곧 제 손자들이 또 그 노래를 부를 것을 생각하면 아름다운 곡을 작곡해 주신 선생님께 저의 집안 전체가 감사드려야 할 것 같습니다. 직접 뵈면서 말씀을 들어야 함에도 불구하고 이렇게 온라인을 통해 대담을 진행하게 되어 대단히 아쉽게 생각합니다."

권길상 선생(이하 '권') : "귀한 지면에 초대해 주서서 감사합니다."

배 : "오는 5월 4일 개최되는 라스베가스 서울합창단의 제21회 정기연주회는 '권길상 작곡 동요 및 성가 연주회'로 열리게 됩니다. 이 일을 위해 지휘자인 저를 비롯해 서울합창단 모든 단원들이 현재 연습에 최선을 다하고 있습니다. 또한 선생님께

서 이번 행사에 직접 참석하신다는 소식에 저희 합창단원들은 물론 많은 교민들이 설레는 마음으로 이 날을 기다리고 있습니다. 라스베가스에 대한 선생님의 인상은 어떠신지요?"

권 : "라스베가스는 온 세상 사람들이 동경하는 도시입니다. 볼거리도 많고, 먹을거리도 많고 재미와 즐거움이 넘치는 도시죠. 특히 이곳에는 음악계 대선배이시며 6.25 직후부터 함께 음악활동을 했고 한국 근대 교향악 운동의 선구자이셨던 지휘자 故 김생려 선생께서 오랫동안 사셨고 묻혀 계신 곳이라 개인적으로 더욱 친근감이 드는 도시입니다."

배 : "말씀을 듣고 보니 제가 권 선생님을 처음 뵌 것이 십 년 전인 1999년 12월 김생려 선생님 2주기 추모행사 때였던 것 같습니다."

권 : "그렇군요."

배 : "한국에서는 국민 전체의 지지와 존경을 받는 문화, 예술인에 대해 '국민' 이라는 호칭을 붙이기도 합니다. 국민배우 안성기, 국민가수 이미자, 조용필 등이 그 예가 되겠지요. 며칠 전 세계 피겨스케이팅 대회에서 우승한 김연아 선수를 가리켜 국민 여동생이라 부르는 것도 같은 맥락으로 생각됩니다. 선생님께서는 해방 직후부터 오늘에 이르기까지 한국의 서양음악 역사 가운데 동요 부분에 있어 가장 많은 업적을 이루셨습니다. 그래서 선생님의 성함 앞에 '국민 동요 작곡가' 라는 칭호를 사용하는 것이 어쩌면 당연하다고 봅니다.

선생님께서 작곡하신 동요와 그 외의 곡들은 몇 곡이나 됩니까?"

권 : "아직 완전히 정리된 것은 아니지만 동요가 대략 200여 곡 쯤 되고요. 성가, 가곡 등이 100여 곡 그래서 모두 300여 곡 되는 것 같습니다."

배 : "대표적인 곡과 그 작품에 담겨있는 에피소드가 있으면 간략히 소개해 주십시오."

권 : "1947년 첫 동요 '굴렁쇠'를 작곡한 이후 동요는 내 인생의 전부가 되었습니다.

대표적인 곡이라면 동요 '과꽃' '꽃밭에서' '달' '시냇물' '산토끼' '어린이 행진곡' '어린이 왈츠' 등을 말할 수 있지요, 동요 외 가곡 가운데는 '갈대밭' '나의 강산아' '통일의 노래' 등이 있고요. 성가곡 가운데는 '나를 감동시켜 주소서' '내 잔이 넘치나이다.' '복 있는 사람은' '주기도' 등이 있습니다.

6.25 전쟁 중 부산 피난시절에 대구에 있는 가족을 만나러 갔다가 우연히 잡지「소년 세계」에 실린 故 어효선씨의 '꽃밭에서' 라는 동시를 읽고 마음에 감동을 받아 작곡하여 서울로 돌아 온 후 YMCA 천막교실에서 어린이들을 모와 노래를 지도하면서 방송으로 보급한 것이 오늘까지 불려지는 것을 볼 때 감회가 깊습니다."

배 : "그 당시 동요에 대한 사회적 관심은 어떠했습니까?"

권 : "전쟁이 휴전되고 사회는 극도로 혼란스러웠기 때문에 어른들이 어린아이들에게 특별히 관심을 갖지 못했던 시절이었습니다. 모든 환경이 열악한 상태라 아이들 역시 특별히 할 일이 없었고요. 그 당시 아이들은 라디오 듣는 것이 최고의 즐거움 중의 하나였죠. 학교에서 돌아와 오후 5시가 되면 라디오

앞에 모여 앉아 함께 라디오를 들었죠. 당시 어린이 시간의 시작음악인 '어린이 왈츠' 도 내가 작곡한 것이었고요. 1957년에 시작한 KBS 라디오의 어린이 노래자랑 '누가 누가 잘하나' 프로그램 개설에도 내가 참여했었죠.

대한민국 초대 이승만 대통령께서 동요의 중요성을 가끔씩 말씀하셨고 어린이 합창단을 초청해 주서서 그 앞에서 연주를 하기도 했습니다."

배 : "동요가 일반 가요나 가곡과 특별히 다른 점이 있다면 어떤 것이며 요즘 어린이들이 부르는 노래에 대해 어떻게 생각하십니까?"

권 : "동요는 복잡한 감정을 노래하는 어른들의 가요와는 달리 맑고 순수하고 어렵지 않게 동심이 우러나도록 작곡된 곡입니다. 요즘 어린이들이 어른들이 부르는 유행가나 외국의 팝송들을 흉내 내어 부르는 것을 보면 마음이 편치 않습니다. 어린이들은 내용이 아름답고 꿈을 심어 줄 수 있는 노래를 불러야 합니다."

배 : " 동요 활동의 시작 동기는 무엇이었습니까?"

권 : "선친께서 서울 명륜동에서 목회하고 계실 때에 나는 목사 사택에서 자랐습니다. 그래서 아침, 저녁으로 예배당에서 울려나오는 찬송가 소리에 매료되어 저절로 찬송가를 몽땅 외우다시피 하여 음악을 좋아하게 되었고 자라면서 음악을 전공하게 되었고 그 중에도 교회에서 어린이들을 지도하게 됨으로 자연히 동요작곡과 음악 지도자로 평생을 지내게 되었습니다."

배 : "선생님께서는 동요 작곡뿐만 아니라 어린이 합창단 지

휘자, 반주자로도 오랫동안 활동하셨습니다. 합창단 활동에 관해 말씀 좀 해주십시오.”

권 : “1945년 최초의 어린이 합창단 ‘봉선화 동요회’를 여러분이 잘 아시는 ‘우리의 소원’의 작곡가 안병원 선생과 함께 창단했습니다. 그 당시까지만 해도 어린이 합창단이라는 개념이 별로 없었기 때문에 동요를 좋아하는 어린이들을 모아서 동요회를 만든 것이죠. 그 후 6.25가 일어나고, 휴전이 되고 등등의 사회적으로 어려운 시기였지만 제가 1964년 미국 이민 오기 전까지 지쳐있는 한국의 어린이들에게 나름대로 최선을 다해 동요를 전달할 수 있었던 것은 저 개인에게는 행운이었고 제 생애 가장 아름다웠던 순간이기도 합니다.”

배 : “1964년 미국 이민 오신 후에도 동요활동은 계속되셨겠죠?”

권 : “물론이죠. 1965년 L.A 한국어린이합창단을 창단하여 1975년까지 십년 간 단장 일을 맡아했으며, 1982년 남가주한국소년소녀합창단을 창단하여 1994년까지 단장, 이사장 직을 겸임했습니다.”

배 : “1972년 L.A 무궁화학원을 창설하여 운영하셨는데 이것도 합창단체인가요?”

권 : “아닙니다. 어린이합창단을 하다 보니 학부모들로부터 한글을 가르쳐 달라는 요청이 있었어요. 그래서 한글교육을 목적으로 시작된 것이 무궁화학원이예요. 내가 교육 전문가가 아니기에 창설만 관여했고 얼마 후 그 분야에 전문지식을 갖춘 젊고 유능한 사람들에 의해 ‘남가주한국학원’이라는 이름으로

바뀌었고 규모도 점점 커져 각 지역마다 주말학교가 생기고 그 것도 부족해 정규학교로 발전하게 되었죠. 지금은 한인이 운영하는 사립 미국학교로 잘 운영되고 있습니다.”

배 : “어린이 동요 합창 활동 외 또 다른 음악활동은?”

권 : “1964, 65년 당시 L.A 한인 인구는 3천명 정도였습니다. 어린이 합창단 활동을 계속하면서 한국에서 음악을 전공하고 이민 와 있는 사람을 모아보니 10명가량 됐어요. 그래서 그 사람들로 남가주 한인음악가협회를 조직했죠. 그 당시에는 그저 친목단체의 성격을 띠었지만 오늘에 와서는 큰 단체가 되어 교민들을 위해 크게 활동을 하고 있습니다.”

배 : “선생님이 계시지 않으셨다면 한국의 동요 역사와 한국의 이민 역사가 크게 달라졌을 것이라는 생각이 듭니다. 〈L&K 초대석〉에 나와 주신 것을 다시 한 번 감사드립니다. 선생님께서는 교회 장로로 오랫동안 봉사하신 것으로 압니다. 현대인에게 있어 크리스챤으로 산다는 것은 어떤 의미를 갖으며, 가장 마음에 간직하고 계신 성경말씀이 있으시다면 소개해 주십시오.”

권 : “그리스도인으로 사는 것은 축복 받은 삶이라고 생각합니다.

그리고 내 어릴 때부터 지금까지 평생을 암송하며 사는 말씀은 ‘항상 기뻐하라, 쉬지 말고 기도하라, 범사에 감사하라’ 입니다.”

배 : “자기 자녀를 노래 잘하는 아이로 키우고 싶은 것은 이 세상 모든 부모들의 마음일 것입니다. 그 부모들에게 해주고

싶으신 말씀이 있으시다면?"

권 : "사람마다 노래를 부를 수 있는 능력은 약간의 차이가 있습니다. 그러나 노력에 의해 얼마든지 바뀔 수 있습니다. 중요한 것은 노래를 좋아하는 사람이 노래를 잘 부른다는 평범한 진리를 말해주고 싶습니다."

배 : "끝으로 가족을 좀 소개해 주십시오."

권 : "아내 한정희와 맏아들 희창(회사원, 미국 장로교단 PCUSA 목사), 딸(피아노과 교수), 둘째아들 희준(외과수술의사), 셋째아들 희민(변호사)이 있고, 그 아래 손자, 손녀 8명과 증손 4명이 있습니다."

배 : "오늘 말씀 대단히 감사합니다. 그럼 5월 4일 연주회 날 뵙겠습니다."

김 영 상 (예비역 공군 대령)

'점프 마스터(Jump Master)'

배상환 원장(이하 '배') : "안녕하십니까?

제가 김 선생님을 처음 뵌 것은 라스베가스 서울문화원이 매년 가을에 실시하는 '유타 셰익스피어 연극축제 라스베가스 교민 단체관람' 그 첫 행사 때인 것 같습니다. 선생님께서는 그동안 사모님과 함께 한 번도 빠지지 않고 참석하셨기에 벌써 5년째 우리가 여행을 함께 다녀왔습니다.

저는 선생님을 그저 연극과 문화 예술을 좋아하시는 낭만적인 어른이시다 라는 생각만 가졌었는데, 지난해 9월 연극관람과 함께 유타 시다 시티에서 있었던 '한국전 참전 기념비 및 동상제막식' 에 우리 라스베가스 교민 50여명이 '아리랑' '애국가' '갓 브레스 아메리카' 등을 노래하며 행사를 축하하기 위해 참석했을 때 선생님께서는 공군 대령 정복을 착용하고 참석하셔서 우리 교민들은 물론 생존해 있는 6.25 참전용사들과 그곳 관계자들을 놀라게 했습니다. 덕분에 행사는 더욱 진지하게 진행되었고 한미간의 우정을 더욱 두텁게 하는 좋은 계기가 되었습니다. 그날 선생님의 군복에 부착되어 있는 많은 훈장들을 보며 특별한 체험을 많이 가지신 분이라는 생각도 했습니다.

저는 최근 〈L&K 초대석〉을 진행하면서 우리 지역에 계신 어른들을 초대하여 그 분들의 풍부한 체험과 깊이 있는 말씀을 통해 새로운 삶의 지혜를 독자들에게 전하고자 합니다.

그런데 며칠 전 우연히 낙하산 관련 사진들을 찾아보는 중에 60년대 어느 해 국군의 날 행사 중에 있었던 낙하산 시범 사진의 주인공이 선생님임을 알고 깜짝 놀랐습니다. 반갑기도 하고 기쁘기도 했습니다. 오늘 〈L&K 초대석〉에 나와 주신 것을 감사드리며 아울러 좋은 말씀 부탁드립니다."

김영상 선생(이하 '김') : "안녕하세요? 하도 진지하게 부탁하는 바람에 나오긴 했습니다만 내가 오늘 무슨 이야기를 해야 할지 모르겠군요. 다 오래 전 옛날이야기입니다."

배 : "먼저 실례지만 본인에 대해 간단히 소개 좀 해주십시오."

김 : "1936년 부산에서 태어났고요. 1957년에 공군 소위로 임관 한 뒤 22년을 공군에서 복무하다가 1979년 대령 예편과 함께 그 해 8월 미국 라스베가스로 이주하여 그때부터 지금까지 30년간 한 직장에서 딜러로 일하고 있습니다. 공군 복무 중에는 공군대학, 국방대학원, 전남대학교 행정대학원, 미 육군특전부대 등을 수료하였고 공군정보부대(2325부대) 부대장을 역임하기도 했습니다."

배 : "성장기 21년, 공군 복무 22년, 한 직장 딜러 30년. 이

것으로 선생님의 연세를 금방 알게 되는 것 같습니다.

오늘 대담을 위해 선생님과 관련된 기록들을 몇 군데서 찾는 중 선생님 성함 앞에는 항상 '점프 마스터'라는 다소 생소한 용어가 나타나 있는데 이 말은 무슨 뜻인가요?"

김 : "점프 마스터(Jump Master)란 강하(낙하산) 지휘관이란 뜻입니다. 지휘자가 무대에서 오케스트라 단원들을 지휘하듯 점프 마스터는 낙하대원들이 한 사람씩 안전하게 잘 뛰어 내릴 수 있도록 안내하는 지휘관입니다.

제게 '점프 마스트'라는 이름이 붙여진 것은 1971년 North Carolina Fort Bragg에서 Psychological Operation Unit Office Course(특수 심리전 과정)와 특수공작 및 낙하산 고공침투 작전과정을 수료하였는데 이때 한국 군인으로는 최초로 미 낙하산강하 최고지휘훈장을 받았기 때문인 것 같습니다."

배 : "모든 공군은 이 낙하산 훈련을 받는 가요? 아니면 특수목적의 요원들에게 한정된 것인가요?"

김 : "특수부대와 특수요원(공작요원)들은 실제 비행기에서 점프 훈련을 하고 모든 조종사(소위부터 대장까지)들은 인간이 고공에서 느끼는 공포심의 최고점이라는 34 Feet Tower에서 모의 낙하산 훈련을 합니다. 왜냐하면 조종사가 비행 중 위급한 상황이 발생하였을 시 안전하게 탈출할 수 있어야 하기 때문입니다."

배 : "비행기에서 낙하는 얼마만큼의 높이에서 합니까? 그리고 뛰어내릴 때의 심정과 뛰어 내리는 사람들의 표정은 어떻습니까?"

김 : "낙하는 보통 비행기 높이 1,200 Feet에서 합니다. 낙하 대원들의 표정은 대부분 무척 굳어져 있죠. 재미있는 것은 이 순간에 본인들의 고질적인 습관들을 나타내 보이기도 합니다. 코를 자꾸 훌쩍인다거나 눈을 깜박거리거나, 한쪽 다리를 떤다거나. 그러나 점프 마스터가 Go, Go 하면서 엉덩이를 치면서 밀어붙이면 다 잊은 듯 용감하게 고함을 치면서 뛰어내립니다."

배 : "김 선생님께서는 얼마나 많은 점프(고공낙하)를 하셨습니까?"

김 : " 약 450회 정도 했습니다. 아마 그 당시 국내 최다 점프 기록이었을 것입니다.

점프에는 정상강하, 수중강하, 비상탈출강하, 야간강하, 밀림지역강하, 고공침투강하(12,000 Feet) 등이 있는데 이것들을 수없이 했죠. 앞서도 얘기했듯이 다 옛날이야기입니다."

배 : "가장 인상적이었던 점프는 어떤 것입니까?"

김 : "1963년 건군 제15주년 국군의 날 행사 때 한강 백사장에 공군의 Air Show가 있었습니다. 그 당시 국가최고회의 의장이었던 고 박정희 대통령을 비롯하여 김현철 내각수반, 3군 고위 장성 및 국내외 귀빈과 수십만의 관중들이 지켜보는 가운데 저 혼자 단독으로 '수상구조 시범강하'를 했습니다.

수상강하는 1,200 Feet에서 뛰어내리면서 낙하산을 풀고 맨몸으로 물에 뛰어들 때 빨강색 연막탄으로 신호를 올려 헬기가 날아와서 구조밧줄(D. Ring)을 내리면 그 줄에 매달려 구조되는 동작인데 이 동작을 7분 30초 동안에 해야 합니다. 왜냐하면 Air Show 중 8분대에는 제트기 F-86의 대지 공격이 있기 때문입니다. 지금도 생각하면 아찔합니다. 아마 배 원장께서 보셨다는 사진도 그때의 사진일 것 입니다."

배 : "월남전에도 참전하셨던 것으로 압니다."

김 : "했지요. 1965년 통킹만 사태로 월남전이 시작되었을 때 주월 맹호부대 1진이 서울에서 시가행진을 마치고 김포 공항에서 C-130 대형 수송기로 월남에 출전할 때 공군에서는 10명이 선발되어 1진에 합류했습니다. 당시 공군 대위로(월남에서 소령진급) DASC (Direct Air Supporter Center-직접항공지원)팀에 소속된 나는 항공기로 적의 거점지역에 Air Strike(공군지원공격)로 먼저 연막탄을 쏘아서 그 지점을 유도하면 미 공군 팬텀기(F-4)가 폭격을 하는 작전으로 1년 동안 200회의 공중지원 비행을 했습니다. 그리고 월남1등 명예훈장을 받았습니다."

배 : "정보장교 출신이시라 여러 가지 국가적으로 기밀에 속하는 중요한 일에도 많이 참여하셨을 것 같은데, 물론 말씀하실 수 없는 부분들은 말씀을 조절하셔도 좋습니다."

김 : "보통 일반인들이 생각하는 정보장교는 군내의 보안 사항과 관련된 것들이 많지만 저의 경우는 대북공작과 관련된 부분들이 많았습니다. 그래서 더더욱 언급할 수 없는 것들이 많이 있지요.

참여했던 한 작전을 소개하면, 1968년 1월 21일 청와대를 습격하기 위해 북한의 김신조가 내려왔을 때 정부 내에서도 우리도 북한에 맞서는 공작요원의 양성이 필요하다고 생각했습니다. 그 당시 공군정보부대(2325부대) 심리전 대장으로 근무하던 나는 상부의 지시로 1968년 4월 실미도 공작요원 부대 창설에 직접 참여하게 되었습니다. 나에게 주어진 임무는 이 요원들을 어떻게 안전하게 목적지로 수송하느냐 하는 것이었습니다. 그래서 북한침투 공작수단으로 풍선을 실험하기 위해 수소 56병(한 트럭 분)을 풍선(지름 7m)에 주입시켜 모 군무관과 함께 서울에서 8시간 30분 동안 고도 8,000~12,000 Feet에서 풍선에 매달려 전남 광산군까지 무사히 도착하는 훈련을 수차례 했습니다. 세 번째 훈련 때는 광산군 예비군과 동네주민들로부터 간첩으로 오인되어 큰 군사작전이 펼쳐지기도 했습니다."

배 : "방금 말씀하신 1968년 4월 실미도에서 창설됐다는 부대가 그 유명한 684부대 즉, 영화 실미도의 배경이 되었던 부대가 아닙니까?"

김 : "그렇지요."

배 : "오호, 그렇군요. 2003년에 개봉한 강우석 감독의 영화 '실미도'는 당시 개봉 58일 만에 1천만 관객을 돌파하는 한국 영화사상 최고 기록을 세우기도 했습니다. 배우 안성기, 허준호, 설경구 등의 연기도 일품이었고요. 실미도의 실제 훈련병 가족들이 영화감독과 영화 제작사를 상대로 손해배상청구소송을 냈지만 당시법원에서 패소했습니다. '실미도' 영화이야기가 나오니 제가 조금 흥분한 것 같습니다."

김 : "실미도 684부대 이야기가 지금은 거의 다 세상에 알려져 있지만 나는 지금까지 내 가슴 속에만 묻어두고 살았습니다. 한국 근대사 가운데 가장 큰 비극적인 사건이라고 생각합

니다. 화제를 바꾸었으면 합니다."

배 : "미국으로의 이주는 언제 하셨으며 그 동기가 된 것은
무엇입니까?"

김 : "1979년 초 공군 대령 예편하고 그해 8월에 미국 라스
베가스로 이주했습니다. 그 당시 한국에서 장군 진급에서 탈락
되어 마음이 착잡해 있었고 처가 식구들이 라스베가스에 이주
해 있어 쉽게 결정하고 지금까지 30년 잘 지내고 있습니다."

배 : "실례지만 이곳 생활에 적응하시는데 힘이 드셨을 것
같은데"

김 : "솔직히 쉽지 않았죠. 지금도 서툴기는 마찬가지입니다
만, 처음엔 장군이 되지 못한 그 서운함에 잠을 못 이룬 밤도
많았습니다. 그러나 이곳에 있는 형제들의 도움이 컸습니다.
처가 쪽 네 남매 부부 여덟 사람이 지난 30년간 거의 매주 수
요일 저녁에 모여 함께 식사도 하고 이야기를 하며 즐겁게 지
내고 있습니다. 내 나이 칠십이 넘었는데 아직도 건강하게 일
하며 산다는 것이 얼마나 큰 축복인지 모릅니다. 한국에 있는
내 친구들은 모두가 날 부러워하고 있습니다. 요즘 생각해 보
면 이민은 나의 탁월한 선택이었습니다.

별 하나를 달지 못해 몹시 억울해 했지만 미국 이민을 결정
하고 별 오십 개를 얻었습니다."

배 : "칠순을 지나셨는데도 얼굴 표정이나 피부는 미남 청년
같은 느낌이 듭니다. 특별한 운동이나 건강관리비결이라도 있
으신지?"

김 : 특별한 운동은 하지 않습니다. 나이가 들면 과격한 운

동은 피하는 것이 좋지요. 그러나 매일 다니는 직장이 있어 규칙적인 생활을 하고, 음식량을 항상 부족한 듯하게 먹고, 나는 젊다는 생각, 항상 행복하다는 생각이 오늘날 나의 건강을 지켜주는 것 같습니다.

특히 어릴 때부터 달리기를 잘 하는 편이라 라스베가스에서 해마다 열리는 "Corporate Challenge" 대회에서 2001년과 2003년에 걸쳐 100m, 400m, 1,500m, 경보대회에서 입상하여 메달 4개를 목에 걸어 주위 사람들을 놀라게 하기도 했습니다. 이 대회는 연령별로 경기를 하기 때문에 누구나 참석할 수 있습니다."

배 : "서두에 말씀 드렸듯이 선생님께서는 연극관람도 그렇고 그 외의 각종 행사 때마다 언제나 아름다우신 부인과 함께 동행 하시는데 부인에 관해 소개 좀 해주십시오."

김 : "아내(이명숙·Mimi Kim)는 마산 출생으로 이화여대 도서관학과와 건국대학교 행정대학원을 나와서 한동안 외무부 통상국 사서로 근무하다가 미국으로 이민을 왔습니다. 아내가 항상 명랑하고 유머가 있어 우리 부부는 언제나 웃으며 젊게 삽니다."

배 : "사람이 살아가는데 가장 중요한 덕목은 무엇이라고 생각하십니까?"

김 : "긍정적인 생각과 진실이라고 생각합니다.

어떠한 상황에서도 더 나쁜 상황을 생각하고 그 현실을 긍정적으로 받아들이는 자세가 필요합니다. 그리고 진실이란 아무리 숨기려 해도 언젠가는 드러나는 것이므로 항상 작은 것이라도 감추지 않고 있는 그대로를 그대로 나타내며 사는 진실된 삶의 자세가 중요합니다.”

　　배 : “긴 시간동안 귀중한 말씀을 해주셔서 대단히 감사합니다. 더욱 건강하시고요. 다음에 또 뵙겠습니다.”

최 태 인 (전 충암 중·고등학교장)

"아직도 '스승의 날'만 되면
나도 모르게 눈물이 납니다"

배상환 원장(이하 '배') : "안녕하십니까?

한국에서는 5월 15일을 '스승의 날'로 정하고 전국의 모든 학교가 스승의 은혜에 감사하는 행사를 갖으며 사회인들 또한 옛 스승을 찾아뵙고 인사드리는 아름다운 날로 지켜지고 있습니다. 때를 같이하여 〈L&K 초대석〉이 우리 라스베가스에 거주하고 계시는 전 서울 충암중·고등학교 최태인 교장선생님을 모시고 대담을 갖게 된 것을 대단히 영광으로 생각합니다."

최태인 교장(이하 '최') : "한국의 교육 현장을 떠나 미국으로 이민 와서 산 것이 벌써 25년이 되었습니다. 오늘 '스승의 날'이라는 단어를 대하니 감정이 또 묘해지는군요"

배 : "잘 아시겠지만 스승의 날은 1965년 우리나라 교육 문화발전에 크게 업적을 남기신 세종대왕의 탄신일인 5월 15일을 '스승의 날'로 정하고 그 의미를 오랫동안 잘 지켜왔습니다만

언제부터인가 한국사회는 '교사는 있어도 스승은 없다' 등의 말과 함께 교사에 대한 존경과 권위가 많은 부분 무너지고 있어 이를 지켜보는 많은 뜻있는 분들의 마음을 안타깝게 하고 있습니다. 저는 서울에서 중학교 음악교사로 19년가량 근무하였기에 이민 생활 중 그 어느 날 보다도 더욱 쓸쓸하게 지내는 것이 바로 이 '스승의 날'이기도 합니다. 매년 맞이하시는 '스승의 날'에 대한 선생님의 느낌은 어떠하신지요?"

최 : "저는 워낙 젊은 나이에 교장이 되어 교육행정가로 교육현장에 있었기에 좀 더 많은 시간동안 학생들을 직접 가르치지 못한 것이 제 마음속에 큰 아쉬움으로 남아있습니다. 미국에 와서 미국의 선진 교육제도들을 보면서 나는 왜 학생들에게 저렇게 해주지 못했던가 하는 후회도 많이 하고요. 그래서 이런 저런 생각으로 아직도 '스승의 날'만 되면 나도 모르게 눈물이 납니다."

배 : "선생님 본인에 관해 간단히 소개 좀 해주십시오."

최 : "1939년 평안북도에서 태어나 해방 이듬해인 1946년 내 나이 일곱 살 때 월남하여 인천에서 성장하였습니다. 그리고 인천 제물포고등학교와 서울대학교 사범대학 국어과를 졸업하였지요. 졸업 후에는 1965년부터 1973년까지 수피아여중, 경신고교, 충암고등학교에서 국어 교사로 근무하였고, 1974년부터 1984년까지 충암중·고등학교 교장으로 근무하였습니다. 10년간의 교장생활을 정리하고 1984년 미국 오레곤 주 포틀랜드에서 2003년까지 약 20년간 Grocery Store를 운영하였으며 2005년 라스베가스로 이사하여 Goodwill Store에서 2008년까지 일

했습니다."

　배 : "말씀 가운데 1974년부터 10년간 교장선생님으로 근무하셨다고 하셨는데 그러면 삼십대에 교장이 되셨다는 말씀인가요? 어떻게 그런 일이 가능했는지요. 형님 혹은 아저씨뻘 되는 평교사들도 많이 있어 힘든 일이 많으셨을 것 같은데."

　최 : "서른다섯의 젊은 나이에 서울의 큰 고등학교에서 교장을 했다고 하면 듣는 이 모두가 의아해 하고 놀랍니다. 당연한 일이죠.

　평교사로 그 학교에 재직 중 그 학교의 재단 이사장과 개인적 인연으로 발탁되어 우여곡절 끝에 서울시교육감의 추천도 얻고 문교부 장관의 승인도 받았습니다. 나이 한 오십이 넘어 인생 경륜도 쌓고 교육 경험도 많이 얻은 후에 교장이 되는 것이 순리겠지요.

　물론 처음엔 어려움도 많았습니다. 지금 생각하면 아쉬움도 있고, 잘못된 일도 여럿 있었습니다. 그래도 직무를 수행 할 수 있었던 것은 학교 이사장의 믿음이 있었고 동료 교직원들이 지지했고, 저도 노력을 많이 했기 때문이지요. 그 당시 고등학교 평준화가 시작되는 시기라 참 할 일도 많았습니다.

　좋은 선생님들을 많이 모셔오는 것, 선생님들이나 학생들이 편하고 즐거운 마음으로 학교생활 하는 것, 학생들이 좋은 성적 올리는 것 등에 중점을 두고 학교를 운영했습니다."

　배 : "전통의 충암학교를 많은 사람들이 잘 알고 있겠지만 특히 야구, 바둑의 명문으로 더욱 잘 알려져 있습니다. 충암고는 지난 2007년 봉황대기 전국고교야구대회 우승, 2009년 4월

황금사자기 전국고교야구대회 우승 등 최근 들어 그 전력이 더 강해졌다는 평가를 듣고 있습니다.

한국 바둑계는 ‘충암사단’ 이라 불리는 충암 출신 프로 바둑기사들이 한국 바둑계를 장악하고 있다고 해도 결코 과언이 아닐 것 입니다. 생각나는 충암 출신의 바둑기사와 야구선수들은 어떤 사람들이 있는지요.”

최 : “충암의 야구와 바둑은 설립자의 남기신 뜻이 있었기에 특별활동 분야 중에서 가장 활발했습니다. 얼마 전 충암 출신 프로 바둑기사들이 갖고 있는 단수를 모두 합하면 300단이 넘는다는 신문기사를 읽었습니다. 당시 활동한 조남철, 김수영 두 사범의 공로가 컸지요. 허장회, 정수현, 문용직, 유창혁, 양재호 등이 당시에 재학했던 학생으로 기억에 남아 있고, 야구의 경우 김성근, 한동화 같은 실력 있는 분들이 지도하여 고교 야구 수준을 한 수 올렸다는 이야기도 있었습니다. 정순명, 조범현 선수 등이 기억에 남아 있습니다.”

배 : “우리가 살고 있는 21세기는 고도의 과학기술발달과 지식정보사회로 생활양식과 사회구조, 가치관, 의식 등이 급격히 변화되고 있습니다. 교육의 최종 목표는 무엇이라 생각하십니까?”

최 : “시대와 상황이 바뀐다 해도 교육의 본질적인 목표는 거의 똑 같다고 봅니다.

옛말로 하면 지, 덕, 체 균형 잡힌 인간양성이고, 요샛말로는 민주시민을 양성하는 것이고, 더 쉽게 말하면, 남과 더불어 행복하게 살 수 있는 사람 만드는 일입니다.”

배 : "교육은 백년대계 라고 하면서도 한국의 교육은 수없이 많이 바뀌어져 왔습니다. 교육을 주관하는 부처의 명칭도 문교부에서 교육부로 바뀌었다가 교육인적자원부를 거쳐 현재는 교육과학기술부로 바뀌어져 있습니다. 이십 년 이상 외국에서 살고 계십니다만, 오늘날 한국의 교육제도에 관해 선생님의 생각은 어떠하신지요? 몇 가지로 나누어 간략히 말씀해 주셨으면 좋겠습니다."

최 : "첫째, 교육환경 ― 전반적으로 좋아졌다고 생각됩니다. 교육재정도 좋아졌고 따라서 교육시설도 좋아졌습니다. 교사 대우도 좋고 우수한 교사도 많아졌습니다. 좋은 교육연구기관도 많이 생겨 한국 교육의 미래는 밝다고 봅니다.

둘째, 교육과정 ― 10년 단위로 개정되어 지금은 잘 정비되었다고 보여 집니다. 일부 교과의 편향성 문제가 아직 남아 있긴 합니다만.

셋째, 대학입시문제 ― 그동안 오랫동안 시행착오를 거듭하다가 최근 생활기록부, 수능시험, 논술 이 세 가지를 종합평가하는데 까지 왔습니다. 점차 대학 자율에 맡기자는데 찬성합니다.

넷째, 입시지옥 ― 초등·중학교 학생들은 많이 놀아야 하고 고등학생들은 더 많이 공부해야 한다고 생각합니다.

다섯째, 영어교육 ― 교육방법의 개선, 교과서 개편이 필요하며 전 국민이 영어를 잘 해야 된다고는 생각지 않으며 오히려 국어교육이 더 강화되어야 합니다.

두서없이 몇 가지 말씀드렸습니다."

배 : "전교조(전국교원노동조합)의 활동에 대해 어떻게 생각
하십니까?"

최 : "반대합니다. 학생들은 다양한 지식과 생각들을 접해서
스스로 소화해서 건전한 자기 생각을 갖도록 해야지 편향된 한
가지 생각만 주입해서는 안 됩니다. 전교조에 속한 선생님들이
대부분 젊고 열성적이라는 말도 들었고, 사립학교들의 비리가
많이 없어지는데 기여했다는 말도 들었습니다만, 여하튼 교육
현장이 이념으로 나누어져 있는 오늘의 현실은 참으로 슬픈 일
이 아닐 수 없습니다."

배 : "대학 졸업 후 8년간 국어교사로 근무하셨는데 그 당시
문학 창작활동도 하셨는지요?"

최 : "문리대 국문과가 아닌 사범대 국어과를 졸업하였기에
창작활동보다 국어연구에 좀 더 많은 관심을 갖고 있었습니다.
물론 청소년기에는 많은 문학서적을 읽었지요. 고등학교 때
「이광수 전집」과 「춘원 연구」라는 책을 읽고 '사상가로서의
춘원'이라는 글을 써서 교지와 지방신문에 실렸고, 긴 글 짧은
글도 많이 써서 신문사 신춘문예에 응모도 여러 번 했으나 한
번도 당선되지는 못 했습니다. 지금도 독서는 많이 하고 법정
스님의 수필, 박완서의 소설들을 좋아합니다."

배 : "미국에서 태어나서 이곳에서 성장하고 있는 우리의 2
세 어린이들의 국어교육에 대한 선생님의 생각은 어떠하십니
까?"

최 : "영어로 말하고 듣는 것에 익숙한 어린이들에게 주 3,
4시간의 한글학교 교육만으로 성과를 거두기는 어렵습니다. 무

엇보다 가정에서 부모 가족들과 한국말로 대화하는 시간이 많아야 합니다.

한글학교에서 어린이들을 위한 우리말 성취목표는, 듣기 말하기는 한국 어린이 7~8세 수준, 쓰기 읽기는 초등학교 2~3학년 수준까지 잡으면 되고 그 이상을 기대하기는 어렵습니다.

현재 한글학교 선생님들은 대부분 한국에서 국어를 고등학교 이상 공부했고 또 열성이 지극함으로 충분히 자격이 있다고 하겠습니다. 스스로 국어 공부를 더 한다면 더욱 좋겠지요.”

배 : “미국 생활은 어떠하십니까? 만족하시는지요?”

최 : “대체로 만족합니다. 영어를 열심히 공부했는데도 잘 하지 못하고, 생계수단으로 조그만 그로스리를 운영했는데 돈은 많이 못 벌었지만 아이들 공부 잘 시켰고 그런대로 잘 먹고 살았습니다.

미국은 참 좋은 나라라는 생각을 늘 합니다. 남의 시선을 의식하지 않아도 되고 경쟁에서 오는 스트레스도 없습니다. 부부가 함께 하는 시간도 많고, 모든 사회제도가 잘 되어 있고, 관리들이 부패하지 않고, 광활한 대지와 풍부한 자원이 있는 미국에서 사는 것에 대해 감사하고 있습니다.”

배 : “미국교육을 어떻게 말씀하실 수 있겠습니까?”

최 : “미국교육은 일찍부터 존 듀이(John Dewey 1859~1952)의 교육철학을 바탕으로 하여 학생 중심의 교육으로 생활 속에서 지식을 얻고 기술을 익히며 자기 생각을 만들어 가는 과정인데 한국교육도 지금 그런 방향으로 가고 있습니다.”

배 : “현대 교육을 말하면서 존 두이를 언급 안 할 수는 없

다고 봅니다. 저는 그의 "행함으로 배운다(learning by doing)"
와 "학교는 순종적인 노동자가 아니라 생각하는 시민을 길러야
한다." 라는 글을 읽고 마음에 큰 느낌을 받은 적도 있습니다.
미국에서 공부하고 있는 한인 학생들에게 하고 싶으신 말씀이
있으시다면?"

　　최 : "미국에 사는 한국 학생들은 한국인으로서의 뿌리도 생
각해야겠고, 아울러 미국 시민으로서의 충분한 자질을 키워 이
미국 사회에 이바지해야 한다고 생각합니다."

　　배 : "교육을 받은 사람과 그렇지 않은 사람의 차이는 어디
에 있다고 봅니까?"

　　최 : "사회교육, 가정교육을 포함해서 교육은 많이 받아야 합
니다. 평생교육이라는 말도 있듯이 늘 쉼 없이 배워야 합니다.
사람은 배운 만큼 생각하고 생각한 만큼 행동하니까요. 배우지
도 않고 생각도 없이 행동한다면 그것은 큰일 날 일이죠."

　　배 : "가족을 좀 소개해 주십시오."

　　최 : "아들 하나, 딸 하나를 낳아 키웠는데 아들은 최근 결
혼하여 L.A에 있는 금융회사에서 일하고 딸은 사위와 함께 이
곳 라스베가스 호텔에서 근무하고 있습니다. 딸이 이곳에 있기
에 저희 부부도 은퇴하고 이곳으로 오게 되었습니다."

　　배 : "긴 시간 동안 여러 가지 좋은 말씀을 해주셔서 대단히
감사합니다. 이제 끝으로 독자들에게 마지막 인사말씀을 해주
셨으면 합니다."

　　최 : "한 때는 사회나 국가를 위해서 소금과 빛의 역할을 해
야겠다고 큰 뜻을 품고 살았습니다. 그러나 지금은 나 한 몸

잘 관리하여, 가족이나 주변에 폐 끼치는 일 없기를 바라며 살고 있습니다.

제대로 정리되지 못한 저의 생각들을 읽어 주신 독자 여러분들께 감사드리며 평범한 생활 속에서나마 공감하는 부분이 있다면 다행이겠습니다."

배 : "한국의 모든 교육과 미국에 사는 우리 한인 2세, 3세들의 교육에 큰 발전과 결실이 있기를 함께 기원해 봅니다. 감사합니다."

써니 리 (사회 봉사자)

자이언 캐년 속의 나라 사랑

배상환(이하 '배') : "안녕하십니까? 한국에서는 6월을 '호국의 달' 혹은 '보훈의 달' 이라고도 합니다. 호국은 '나라를 지킨다.'는 뜻이고 보훈은 '공훈에 보답한다.'는 뜻인 것 같습니다. 그래서 '호국 보훈의 달'은 나라의 존립과 유지를 위해 공헌하거나 희생한 유공자들에 대해 예우함으로서 국민들로 하여금 애국정신을 함양하는 기간이기도 합니다.

이번에 한국정부가 1950년 6.25 한국전쟁 당시 유엔군으로 파견되어 실제 전투에 참전하셨다가 현재 남 유타 주 시다 시티(Cedar City, Utah) 부근에 살고 계시는 역전의 미군 용사들을 한국으로 초청하여 감사의 행사를 갖게 되었는데, 이 분들이 시다 시티와 가까운 라스베가스 공항에서 인천으로 향하는 직항을 타시게 되었기에 이 일을 아는 몇몇 뜻있는 라스베가스 한인들이 공항에 나와 환송을 하게 되었습니다. 아울러 이번 행사를 직접 추진하고 현지 인솔까지 맡고 계신 써니 리씨를 라스베가스 공항에서 직접 만나 즉석 〈L&K 초대석〉을 진행하게 되었습니다.

써니씨 무척 바쁘실 텐데 이렇게 시간을 내 주서서 대단히 감사합니다."

써니 리(이하 '리') : "안녕하세요? 저 같이 평범한 사람이 귀한 지면에 초대를 받아 개인적으로는 영광입니다만 제가 무슨 이야기를 할 수 있을지 그것이 걱정입니다."

배 : "먼저 이번 한국방문 행사의 진행과정과 일정 등에 대해 간략히 소개 좀 해주십시오."

리 : "지난해 9월 남 유타 주 시다 시티에 한국전쟁 참전을 기념하는 동상과 기념비 제막식이 있었는데 이때 제가 이 일의 공동준비위원장 일을 맡았었습니다. 일을 진행하면서 느낀 것이 참전 60여년이 다 된 지금까지도 이 분들의 가슴에는 대한민국이라는 나라에 대한 추억이 가득 차 있다는 것이었습니다. 한국 사람인 저를 만날 때마다 한국에 관한 궁금한 것들을 물어왔지만 조국 떠나 산 것이 30년이 더 지난 저로서는 제대로 된 답변을 드리지 못하는 것이 항상 죄송했습니다. 그런데 이분들이 보여준 한국에 대한 관심이 단순한 인사치레나 안부 차원이 아닌 애틋한 그리움과 깊은 사랑에서 나오는 것임을 알고부터는 이분들을 위해 무언가 의미 있는 일을 해드려야겠다는 생각을 하게 되었습니다. 그래서 이분들에 대한 한국 정부의 초청을 보훈처에 건의 드렸는데 금번 한국정부가 이 건의를 받아들여 시다 시티 부근에 살고 있는 한국전 참전용사와 그 가족 모두 35명을 5월 27일부터 6월 1일까지(한국시간) 한국으로

초청함으로서 오늘 이렇게 라스베가스 공항을 통해 한국으로 가게 되었습니다.

이번 방문 중에는 한국전쟁 당시 유타 지역 출신 미군들이 소속되었던 부대가 직접 전투에 참가했던 경기도 가평지역의 방문이 매우 뜻 깊을 것으로 생각되는데, 이번 방문을 계기로 가평군과 시다 시티가 자매결연을 맺어 상호문화교류와 우의증진에 힘쓰게 될 것으로 보여 집니다.

한국방문 일정은 가평군 환영행사, 가평지역 격전지 방문, 판문점 방문, 국립묘지참배, 재향군인회장 환영만찬, 민속촌 방문 등이 공식 일정으로 잡혀 있고, 서울시내관광과 삼성전자방문을 추가로 계획하고 있습니다."

배 : "방금 말씀하신 지난 9월에 세워졌다는 시다 시티 한국전 참전기념비에 대해 좀 더 말씀해 주십시오.

한국전쟁이 일어난 것이 벌써 58년 전의 일인데 어떻게 오늘에 와서 미국 내 큰 도시도 아닌 시다 시티에 기념비가 세워지게 되었는지?"

리 : "지난해 봄 우연히 시다 시티 지역신문에 난 '한국전 참전 기념비 건립 모금 안내' 기사를 보고 저는 1시간을 운전하여 달려가 준비위원으로 참여하게 되었습니다.

1950년 당시 시다 시티는 인구 8,000여명에 불과한 작은 마을이었지만 이 부근에서 600여명의 젊은이들이 한국전에 참가하여 13개월간 지역을 옮겨가며 전투를 하였는데 특히 가평 전투에서는 중공군과 맞서 밤새 치열한 전투 끝에 350여명을 사살하였고 830여명을 포로로 잡는 등 큰 성과를 올렸다고 합니다. 그리고 무엇보다도 놀라운 것은 한국전쟁에 참전했던 남 유타지역 미군 600여명이 한명의 사망자도 없이 모두 전원 생 환하였다는 것인데, 이곳 남 유타 주의 Public TV에서는 '가평 의 기적'이라는 영화를 만들어 최근까지도 TV로 보여주고 있습 니다. 그 당시 이 지역의 참전용사들은 거의 다 몰몬교도들 이 었다는데 처참하게 죽은 중공군 병사들의 시체들을 모두 묻어 주고, 죽은 영혼들에게 명복을 빌어주는 따뜻한 인간애를 보여 주기도 했다고 합니다.

이러한 특별한 전우애로 맺어진 용사들이기에 시간이 흘러 한 사람 한 사람 세상을 떠나자 더 늦기 전에 기념비를 세우 자는데 뜻이 모아져 참전용사들로 시작된 기념비 건립이 지역 미국인들도 참여하고 저의 가족도 참여하고 제 남편의 학교동 창 분들도 참여하고 그리고 무엇보다도 이 사실을 안 한국의 보훈처가 지원함으로서 큰 어려움 없이 건립할 수 있게 된 것 입니다.

기념비 제막식 현장에 한국적인 이벤트가 있었으면 좋겠다고 생각하던 중 가까운 라스베가스에 서울합창단이 있는 것을 알 고 급하게 서울문화원 배 원장님께 그때 전화를 드렸었지요. 행사는 덕분에 성대하게 잘 치러졌습니다. 이 행사가 KBS TV 를 통해 한국에 알려지게도 되었고요"

배 : "저도 당시 주신 전화를 기쁜 마음으로 받고 저희 서울 합창단원과 그리고 뜻있는 라스베가스 교민들을 모집하여 50여 명이 제막식에 참여하여 '애국가' '아리랑' '갓 브레스 아메리카' 등을 노래했던 기억이 납니다."

리 : "그날 현지 미국 사람들은 어떻게 저렇게 많은 한국 사
람들이 3시간가량 운전하고 새벽같이 달려와 아름다운 노래를
불러주는가 하며 놀라워하기도 했고 고마워하기도 했습니다."

배 : "그날 이야기를 더 하고 싶지만 시간 관계상 화제를 바
꾸어야겠습니다. 이제 써니씨 본인에 관해 소개 좀 해주십시
오. 전쟁 참전용사들에게 특별히 관심이 많으신 것 같은데 혹
시, 군인 가족이신가요?"

리 : "군인 가족이 아닙니다.(웃음)

저는 1953년 1월 서울에서 태어났습니다. 전쟁이 아직 휴전
이 채 되기 전에 태어났기에 국가적으로, 사회적으로 모두가
어려울 때였습니다. 왕십리 천주교 성당 가까이에서 자란 저는
어릴 때부터 부모님으로부터 전쟁과 관련된 많은 비극적인 이
야기를 들으며 자랐습니다. 그리고 그 시절 미국으로부터 온
많은 구호물자들이 성당을 통해 사람들에게 나눠지는 것을 보
며 나도 크면 어려운 사람들을 도우면서 살아야겠다는 생각을
했던 것 같습니다.

저는 결혼하여 미국에 와서 일하고 아이들 키우면서도 기회
가 닿을 때마다 학교, 성당, 보이 스카웃 등에 나가 봉사활동
을 많이 하며 지냈는데 봉사활동을 할 때마다 힘들다는 생각보
다 삶에 참 맛을 깨닫는 듯한 희열이 자꾸 생겨나 이러한 일
이 즐겁기만 했습니다. 아이들이 어느 정도 성장하고서는 Red
Cross에 나가 모든 과정의 훈련을 다 받았고 재난에 대비하여
Shelter를 운영할 수 있는 자격증도 취득하기도 했습니다. 지금
은 운 좋게도 일찍 은퇴를 하고 남편과 아름다운 자이언 캐년

(Zion Canyon) 속에서 지내면서 멀리는 시다 시티, 가까이는 자이언 캐년이 속해 있는 이곳 스프링데일에서 틈틈이 자원봉사자로 나서 활동하고 있습니다.”

　배 : “결혼 관련 부분을 슬쩍 지나가신 것 같은데?”

　리 : “남편 존 리씨는 제가 어릴 때 왕십리 성당을 사이로 이웃에 살았던 사람이에요. 그가 공대 재학 중에 군에 입대했고 제대를 하자마자 미국으로 이민을 떠났고 그 뒤 5년 쯤 후에 불쑥 나타나 결혼하자고 해서 결혼하고 저도 미국으로 들어왔죠. 물론 두 집 아버님들끼리 호형호제 하시던 사이라 연락을 계속하면서 지냈었죠. 제가 대학을 졸업하고 직장을 가지고 돈을 좀 벌려고 하는 참에 미국으로 왔기에 한국의 직장생활에 대한 약간의 미련 같은 것이 아직 남아있는 것이 사실입니다.

　남편은 워낙 산을 좋아해 어느 해인가 자이언 캐년을 관광 왔는데 남편이 이 산에 반한 거예요. 그래서 지금 당장 이사는 할 수 없으니 땅이라도 사두자 하여 15년 전에 공원입구 산중턱에 12에이커의 땅을 사 두었다가 2001년 은퇴를 하면서 캘리포니아의 모든 생활을 정리하고 이곳에 와 집을 짓고 텃밭도 만들고 가족용 스파도 만들고, 최근엔 이 지역에서는 처음으로 조그만 Vineyard를 만들어서 이제 내년부터는 남편이 취미삼아 Wine을 만들 준비를 하고 있습니다. 주변엔 집도 몇 채 없어 하루 종일 가족 외 다른 사람을 못 보는 날도 많지요. 그 대신 토끼와 가끔씩 사슴을 만나며 살지요. 남편은 워낙 조용하고 혼자 명상을 갖으며 자연 속에 사는 것을 즐기는 편이라 이곳 생활에 아주 만족해하고 있습니다. 남편과 달리 비교

적 성격이 활달한 저는 사람들 사이에 나가 활동하는 것이 좋
아 요즘은 자이언 캐넌 Visitor Center에 나가 일을 하고 있습
니다.

이렇게 말로 하니 저희 생활이 멋도 있고 괜찮은 것 같기도
하지만 실제로는 손에 흙 묻히며 사는 시골 촌사람들입니다.
아주 가끔씩 라스베가스에 와서 맛있는 음식도 먹고 장도 보고
불빛도 실컷 보고 가지요."

배 : "자이언 캐넌 방문자 센터에서 일하시면 많은 한국인
관광객들도 만나실텐데 그들에게 특별히 하고 싶으신 말씀이라
도 있으십니까?"

리 : "자이언 캐넌은 정말 아름다운 곳입니다. 오죽했으면 오
래전 이곳을 지나가던 사람들이 성경 속의 시온성과 같다하여
자이언(Zion)이란 이름을 붙였을까요. 인접해 있는 그랜드 캐
넌, 브라이스 캐넌과 함께 미 서부지역 최고의 국립공원으로
알려져 있습니다.

한국 관광객들에게는 과히 기분 좋은 이야기는 아니겠습니다
만, 한국인들 가운데는 국립공원 관광을 그저 차타고 지나가다
가 잠시 내려 사진이나 찍고 돌아가는 곳쯤으로 생각하는 분들
이 많은 것 같아 기분이 씁쓸할 때가 많이 있습니다. 좀더 알찬
여행을 위해 Visitor Center, History Museum에 들러 Orientation
영화도 보고 또 이곳의 역사, 지리적 형성과정, 동물과 식물의
분포 등에도 관심을 가졌으면 하는 바램입니다."

배 : "이번 한국전 참전용사 한국방문에서 이 분들에게 꼭
보여드리고 싶은 것이 있다면 어떤 것일까요?"

리 : "어떤 특정한 명소를 지정하기보다 당신들이 목숨을 바쳐 지켜주었던 그 가난했던 나라가 이제는 전 세계인이 관심을 갖는 부러워하는 나라로 발전된 것을 보여주고 싶고, 또 하나는 그 가난했던 나라가 당신들의 희생과 사랑에 진심으로 감사하고 있다는 마음을 보여주고 싶습니다.

인천공항을 내리는 순간 아마도 자신들이 살고 있는 유타 주와 비교하면서 모두가 깜짝 놀라게 될 것입니다. 한국에 머무는 동안 어떤 것을 보여드려도 이분들은 매번 감동하실 겁니다."

배 : "써니씨는 몇 년 만의 고국방문이며 특별히 하고 싶으신 일이라도 있으신지?"

리 : "한국 떠나 온지 32년이 넘었고 4년 전에 아들이 연세대학교에 1년간 교환 학생으로 공부하러 갔을 때 처음으로 1주간 다녀왔었습니다. 한국방문에 고령의 참전용사 여러분들이 어리둥절하시겠지만 저 역시 어리둥절하기는 마찬가지 일 것입니다. 그저 이번 여행에서 제가 할 일은 한 분 한 분의 건강관리에 최선을 다 할 예정입니다."

배 : "서두에 써니씨께서는 자신을 평범한 사람이라고 말씀하셨는데, 저는 결코 써니씨를 평범한 사람으로만 생각지 않습니다.

지역신문에 난 '한국전 참전 기념비 건립 모금 안내'의 짧은 기사를 읽고 즉각적으로 1시간을 운전하여 달려가면서부터 이번 일은 시작되었다고 봅니다. 만일 그날 신문 기사를 읽고서 그냥 지나쳤다면 이번과 같은 역사적인 일은 생겨나지 않았을 것 입니다. 미국인 한사람과 함께 공동으로 준비위원장직을 맡아 이

리저리 분주하게 뛰어 기념비 제막식을 성공적으로 치렀고, 한국 정부와 연결하여 참전 용사와 그 가족 35명을 60여년 만에 한국으로 초청하게 됐고, 급기야 이번 참전용사 한국방문이 KBS TV를 통해 6.25특집 다큐멘터리로 제작되어 60분간 전국에 알려지게 되었으니 이 일이 어찌 평범한 사람의 평범한 일로만 생각될 수 있겠습니까? 이번 일은 결코 평범하지 않는 한사람의 몸에 밴 봉사정신과 한결같은 나라사랑과 그리고 이웃사랑 정신이 잘 어우러져 만들어낸 한편의 감동적인 드라마라고 저는 생각합니다. 한국에서 돌아오신 후의 계획은 어떠신지?"

리 : "시다 시티에서는 한국전쟁 당시 인천상륙작전이 감행되었던 9월 28일을 '한국의 날'로 정하고 이날을 기념하여 '한국의 날 페스티벌'을 열기로 예정되어 있습니다. 한국 음식, 한국 음악 등 다양한 콘텐츠의 한국문화들이 소개될 예정입니다."

배 : "다시 한 번 말씀드리지만 한 사람이 일으킨 한미간의 우정의 불씨가 계속해서 활활 타오르는 느낌을 받게 됩니다. 이제 끝으로 가족을 좀 소개해 주십시오."

리 : "남편 존 리씨와 독일 프랑크푸르트에서 일하고 있는 딸 Sarah, 캘리포니아에서 직장 생활하는 아들 William, 이렇게 남매를 두고 있습니다."

배 : "노병들이 자신들의 인솔자를 제가 납치라도 할까봐 곁눈으로 계속 쳐다보고 있어 이제 대담을 마쳐야겠습니다. 좋은 여행되시고요. 모든 일행들이 시다 시티로 돌아오실 때까지 건강하시도록 기원하겠습니다. 바쁘신 중에 시간 내어 주셔서 정말 감사합니다."

노 희 자 (화가)

"닭을 그릴 때면 마음에 평안을 느낍니다"

배상환(이하 '배') : "안녕하십니까? 선생님 댁 현관을 들어서는 순간 집안 곳곳에 걸려 있는 아름다운 그림들로 말미암아 제가 마치 멋진 갤러리를 찾아 온 듯한 느낌이 듭니다. 라스베가스에 화가가 살고 계신다는 이야기를 듣고 빨리 한 번 찾아뵙고 작품들도 보고 싶었었는데, 오늘에야 〈L&K 초대석〉을 통해 직접 뵙게 되었습니다."

노희자(이하 '노') : "우리가 이렇게 대화를 나누는 것은 처음이지만 저는 배 선생님이 주최하신 서울문화원문화행사에 많이 참석한바 있습니다. 배 원장님 댁에서 행해졌던 오페라 감상회에도 한 번 참석한 적이 있고요.

오랜만에 '화가' 라는 단어를 대하니 기분이 약간 묘해지는군요. 평생 게으름 피우지 않고 나름대로 열심히 그림을 그리면서 살았다고는 생각되지만 글쎄요? 제 자신에게 '나는 화가인가?' 라는 질문을 던져볼 때 과연 'Yes' 라고 대답할 수 있을지 모르겠습니다."

배 : "거실 정면에 걸려있는 저 그림은 200호는 족히 될 듯합니다. 저 그림을 비롯하여 선생님의 그림 속에는 유난히 닭들이 많이 그려져 있는데 특별한 의미라도 있으신지?"

노 : "제가 1976년 대한민국 국전에 처음 출품한 '고향'이라는 작품은 마당에 여러 마리의 닭들이 모여 노는 전형적인 시골 풍경을 그린 것이었는데, 이것이 입선되면서부터 닭은 제 작품 속의 영원한 주인공이 되었어요. 그 후 국전에서 닭 그림으로 세 번을 입선했고, 목우회, 신문사 주최 공모전 등에서도 계속 입상하면서 제 닭 그림이 조금씩 알려지기 시작했죠. 그 당시에 제게 붙여진 별명이 '닭 아줌마'였으니 그 때의 분위기를 대충 말해주는 것 같습니다.

저는 웬일인지 젊을 때부터 닭을 그릴 때면 그렇게 마음이 평안할 수가 없어요. 어린 시절을 시골에서 보낸 탓인지 닭을 그리고 있으면 내가 마치 고향에 와 있는 느낌이 듭니다."

배 : "작품 속의 닭은 항상 한, 두 마리가 아닌 여러 마리가 무리를 이루어 등장하는데 이것 또한 무슨 이유가 있습니까?"

노 : "특별한 이유라기보다는 닭 역시 한 마리, 한 마리 각기 다른 독특한 모습들을 지니고 있죠. 사람과 똑 같다는 생각이 들어요. 어떤 닭은 언니 같고, 어떤 닭은 동생 같고, 어머니 같고. 그것을 찾아내고 구성하고 그 관계의 조화를 아름답게 그리는 것이 제게는 큰 즐거움입니다. 사람도 그렇듯이 혼자보다는 여럿이 함께 있는 것이 덜 외롭고 좋잖아요. 그래서 여러 마리를 함께 그립니다."

배 : "그렇군요. 이제 선생님 자신에 관해 간단히 소개 좀
해 주십시오."

노 : "1938년 경기도 용인에서 출생했으며 서울예술고등학교
(3회)를 졸업했고 1979년에 미국으로 이민 와 L.A Valley
College에서 미술 공부를 했고요, 2001년 라스베가스로 이주해
왔습니다."

배 : "미술을 시작하시게 된 동기는 무엇입니까?"

노 : "6.25 한국전쟁 중에 아버지께서 돌아가셔서 집안이 정
말 어려운 가운데 생활을 했습니다. 휴전하던 해 중학교를 졸
업했지만 형편이 워낙 어려워 서울 영등포에 계신 숙모 댁에서
생활하게 되었는데 숙모 댁 바로 이웃에 초상화 그리는 곳이
있어 그곳을 기웃거리다가 그 선생님으로부터 초상화 그리는
것을 배우게 됐어요. 그 당시에는 사진이 일반에게 보급되지
않은 때이므로 사람들이 초상화를 많이 가지고 싶어 했죠. 특
히 전쟁은 멈추었지만 한국에 주둔해 있던 많은 미군들에게 손
재주 있는 한국 사람이 정교하게 그린 초상화가 대단히 인기가
있었습니다. 초상화를 배우면서 어떤 땐 초상화를 직접 그려
팔기도 했어요. 그 당시 돈을 조금 벌어 시골집을 새로 짓는데
돈을 부쳐드렸던 일이 지금 생각나기도 합니다."

배 : "초상화를 그리기 시작한 것이 미술의 시작이라는 말씀
이군요."

노 : "그런 셈이죠. 제가 그렇게 지내는 것을 안타깝게 생각
하신 그 초상화 선생님께서 서울예고에 추천해 주서서 서울예
고를 다니게 되었는데 틈틈이 초상화를 그려 그 수입으로 차비

도 하고 학용품도 사고 시골에 계신 어머니와 동생들에게 약간
의 돈을 부쳐 드릴 수 있었죠. 그러니 학교에서 그림 공부를
제대로 할 수 없었어요. 오죽했으면 고3 때 수업일수 미달로
졸업을 할 수 없게 되었는데 그 당시 선생님들의 특별한 배려
로 거우 졸업을 할 수 있었어요. 약간의 재능을 인정받은 것으
로 그런 혜택을 받은 것이죠."

배 : "서울예고는 부유층 자녀들만 다닌다는 제 고정관념을
바꾸어 놓는 말씀이기도 합니다."

노 : "교복도 없이 학교를 다닌 적도 있고요. 제가 만들어서도
입고, 친구들이 준비해준 교복을 입고 다니기도 했죠. 대학에
진학하여 미술교사라도 되어 꾸준히 작품 활동을 하라는 여러
선생님들의 말씀도 계셨지만 졸업식에 참석하는 것조차 선생님
들께 미안하고 죄송하여 졸업식 날 교복을 입은 채 파주군 문산
에 있는 미군부대에 초상화 그리는 일을 찾아 갔었습니다."

배 : "그 일은 또 어떻게?"

노 : "영등포에서 함께 초상화를 그리던 서울미대 출신의 화
가 한 분의 추천으로 가게 되었는데 그곳은 민간인의 출입이
제한된 곳이라 조용히 그림만 그리며 지내기에는 참 좋은 곳이
었습니다.

몇 년이 지나자 차츰 민간인들이 부대 가까이로 몰려오고
기지촌으로 형성되면서 우리가 합숙하며 지내던 On Limit
Store(한인 P.X)가 문을 닫게 되고, 나에게는 선생님이셨고 보
호자이셨던 나의 남편 최동훈씨(2008년 작고)의 도움으로 문산
읍으로 나와 화실운영과 안정된 작품 활동을 할 수 있게 되었

습니다.

지금의 생활도 만족하지만 그때의 생활도 참 좋았습니다. 남편의 극진한 도움으로 이웃들로부터 사랑과 존경을 받을 수 있었으며, AFKN 방송에서는 가끔씩 나의 스케줄을 주한 전 미군들에게 알렸고 미군부대를 돌며 8년 동안 인물 스케치도 하고 영어도 배우며 지냈습니다. 10년간 파주어머니합창단 단원으로 활동하면서 많은 연주회에서 노래를 부르기도 했고요.”

배 : “방금 ‘파주어머니합창단’ 이라고 하셨나요?

원 세상에, 제가 1991년부터 약 3년간 그 합창단의 지휘자로 있었던 적이 있습니다. 매 주 목요일 오후에 있는 연습을 위해 서울 구파발을 지나 연습장을 향해 통일로를 달려갈 때면 도심의 생활에서 쌓인 유쾌하지 못한 감정들을 한꺼번에 말끔히 씻는 계기가 되기도 했지요. 가을이면 통일로 길 양옆에 끝없이 피어있는 국화꽃은 사람을 황홀하게까지 했습니다. 파주군 금촌에 있는 농민회관 2층에서 연습을 했는데 시골 아주머니들의 그 넉넉한 마음은 아직도 잊을 수가 없습니다. 연습을 끝내고 돌아올 때면 단원들이 직접 농사한 고구마, 감자 그리고 토마토, 감 등을 정성껏 포장하여 제게 선물로 주기도 했습니다. 합창단은 서울, 수원 등에 연주를 하러 다니기도 했고요. 몇 년 전 서울 시장 선거에 후보로 나왔던 한국 최고의 테너 임웅균씨를 초청하여 우리 합창단과 함께 연주를 한 적도 있습니다.

아, 제 이야기가 또 옆길로 샜습니다. 합창단 이야기는 대담 후 자리를 옮겨 계속하기로 하고, 그런데 그 좋은 파주 생활을 접고 어떻게 미국을 오셨습니까?”

노 : "앞서 말씀을 드렸습니다만 국전에서 76년부터 세 번에 걸쳐 입선만 하다 보니 특선에 이르지 못하는 제 작품에 대한 한계 같은 것을 느끼게 되었죠. 물론 제 이름이 조금씩 알려지면서 제 작품을 소장하고 싶어 하는 사람들도 늘어나고 제 그림을 관리하는 화랑도 생기고, 세계적으로 권위 있는 프랑스 파리의 '르 살롱(Le Salon)' 전에 출품하여 입선 하는 등 작품 활동도 계속하고 있었지만 좀 더 배워야겠다는 생각은 시간이 지날수록 더욱 강해졌습니다. 그래서 유학을 위한 이민을 결정하게 되었죠."

배 : "선생님의 작품을 소장한 개인이나 단체가 있다면?"

노 : "저에게 직접 요청이 와 그렸던 서울 중앙투자금융 빌딩 로비에 걸린 150호 크기의 작품(1978년)과 삼성 이병철 회장께서 중앙일보 모 부장을 통해 구입해간 40~120호 크기의 6점, 전두환 대통령 취임 1주년 기념으로 주문 받아 그려 보냈던 50호 작품, 그리고 김영삼 전대통령께서 대통령 후보시절 제 그림 앞에서 포즈를 취한사진이 여성중앙에 실리는 바람에 제 그림이 화제에 오른 적도 있는데 아마도 그 작품을 김 전 대통령께서 현재 소장하고 계신 것 같고, 화랑을 통해 일본으로 건너 간 것이 십 여점, 그래서 이래저래 지금까지 그린 50호에서 200호까지의 닭 그림이 50여점이 되고, 닭 그림 외 꽃, 정물 등이 화랑을 통해 미술 애호가에게 나간 것이 대략 200여점이 됩니다. 감사한 일이지요."

배 : "요즘도 한국 화단과 관계를 계속하고 계신지요?"

노 : "외국에 나와 있으니 작품을 관리하기도 힘들고 또 유

사한 모작들이 많이 나타나 최근 몇 년 동안은 관계를 않고 있습니다."

배 : "미국 생활에 관해 말씀 좀 해주십시오."

노 : "1979년 4월 말 캘리포니아에 사는 여동생의 집에 이민 짐을 풀고 두 달가량 여기저기 여행을 하였는데 미국은 정말 아름다웠습니다. 아름답고 탐스러운 과일, 꽃 등 여러 작품도 그때 그렸지요. 그러나 동생 집을 나와 아파트에서 생활을 시작한 후 정말 고된 이민생활이 시작되었습니다. 당시에는 한국 정부가 외국으로 이민 떠나는 사람들에게 돈을 많이 못 가지고 나가게 했기 때문에 가지고 온 돈만으로 살려니 생활이 쪼들려 정말 고생 많이 했습니다. 저희 부부는 컴퓨터 제작회사에서 일을 했고, 저는 아들 다니는 중학교 보조교사 노릇도 1년 했고, 계획대로 칼리지에 들어가 미술공부를 시작했지만 풀타임 직장, 풀타임 학생, 한 남자의 아내, 두 아이의 어머니, 이 모든 일을 동시에 감당하려니 정말 힘이 들어 결국 과로로 쓰러져 대학 졸업 2개월을 남겨두고 공부하는 일을 포기하게 되었습니다. 지금 생각하면 억지로라도 했어야 한다는 생각도 들지만 그때는 정말 어쩔 수 없었습니다."

배 : "그렇게 힘든 생활 가운데서도 그림을 그리셨습니까?"

노 : "많이 그리진 못 했어요. 제가 오랫동안 창작활동을 계속해 왔기 때문에 대학에서도 특별히 배울 것은 많이 없었어요. 초상화로부터 시작된 나의 그림이기에 똑같이 그리는 데에는 자신이 있었죠. 어떤 사람은 사진이나 작은 그림 등을 가지고 와서 크게 그려 달라 하기도 했어요. 그런데 제가 그린 것

이 더 멋있으니까 아예 내 그림을 그려 달라는 사람도 있었어요. 그러나 한국처럼 고가로 팔리지 않아 생활에 큰 도움이 되진 못 했습니다.

하루는 지역 한글신문에 남가주한인미술가협회의 활동 기사를 보고 그곳을 찾아가 회원으로 가입하였습니다. 당시엔 회원이 열세 명 정도 밖에 되지 않았어요. 1981년 L.A 한미문화원에서 열린 협회전에 출품하였고 그 후 3년간 몸이 아파 작품을 내지 못하다가 85년부터는 라스베가스로 이주해온 지금까지 한 해도 빠지지 않고 작품을 내고 있습니다."

배 : "라스베가스에는 언제 이주해 오셨습니까?"

노 : "조용한 곳에 가서 작품에만 몰두하며 살라는 헌신적인 남편의 권유로 라스베가스로 오게 되었어요. 저는 이곳 라스베가스에서 사막에도 나가보고 산에도 가보고 이것저것 새로운 그림들을 그리며 잘 지내고 있지만 남편은 단조로운 이곳 생활에 쉽게 적응하지 못하고 다소 우울하게 지내시다가 지난 해 2월 초에 세상을 떠나셨어요. 평생을 저를 위해 헌신하며 사신 분이예요."

배 : "요즘 그리고 계신 작품은 어떤 것입니까?"

노 : "몇 가지를 그리고 있지만 가장 신경을 쓰고 있는 것은 성경 요한복음 19장을 배경으로 하는 '십자가의 예수'라는 제목의 그림입니다. 2004년부터 그리기 시작하여 아직도 끝을 내지 못하고 있지만 왠지 함부로 그리면 안 된다는 신비로운 느낌 때문에 조심스럽게 작업을 진행하고 있습니다."

배 : "지난해 여름 라스베가스 서울문화원에서 라스베가스

한인들을 위한 문화강좌를 시도한 적이 있습니다. 수강신청자가 적어 무산되기는 했습니다만 그때 가장 관심을 많이 보인 과목이 뎃상과 수채화였습니다. 아직까지도 많은 사람들은 그림을 배우고 그림을 그리고 싶어 합니다. 이런 사람들에게 해주고 싶으신 말씀이 있으시다면?"

노 : "그림을 어렵다고 생각하지 말고 새로운 친구를 사귄다는 설렘으로 시작하였으면 좋겠습니다. 좋은 그림을 그려야 한다는 부담감으로부터도 자유로워야 합니다. 그저 내가 그림을 그리는 동안 행복하다면 그것만으로도 대 성공입니다. 준비과정을 복잡하게 생각하는 사람들도 있는데 그저 내 손에 있는 펜으로 곁에 있는 신문지에라도 무언가를 생각하며 그린다면 그 사람은 이미 그림을 시작한 사람입니다."

배 : "그림에 대해 명쾌하게 말씀해 주셔서 대단히 감사합니다. 선생님의 말씀을 듣고 선생님이 그리신 그림 속의 닭들을 보니 모두가 한결 같이 여유롭고 평화스럽게 보입니다.

이민생활 참으로 힘들고 어려운 것이지만 우리도 저 그림 속의 닭처럼 좋은 친구, 좋은 이웃이 있을 때 한결 즐겁고 행복하게 살 수 있을 것 같습니다. 끝으로 가족을 좀 소개해 주십시오."

노 : "남매를 두고 있는데요, 아들은 현재 라스베가스에서 저와 함께 생활하고 있고 U.C 버클리를 졸업한 딸은 목사의 아내로, 세 아들의 엄마로 빅토빌에서 씩씩하게 살고 있습니다."

배 : "오늘 말씀 대단히 감사합니다."

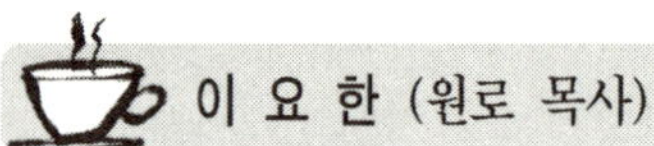

"나는 오늘 생애 최고의 순간을 산다"

배상환 원장(이하 '배') : "안녕하십니까?

〈L&K 초대석〉에 목사님을 모시게 되어 대단히 영광입니다. 몇 년 전 라스베가스 경로대학의 한 모임에서 목사님께서 기도하시는 모습을 본 적이 있습니다. 기도소리가 마치 음향이 잘된 중세 성당에서 울려나는 맑고 청아한 어린아이의 노래 소리 같다는 생각을 했습니다. 기도가 이렇게 아름답게 들릴 수도 있구나 하는 생각도 그때 함께 했습니다. 언제나 얼굴 가득히 환한 미소를 품고 계시는 목사님을 뵈오니 제 마음까지 행복해지는 것 같습니다."

이요한 목사(이하 '이') : "과찬의 말씀입니다. 나도 배 원장님을 뵙게 되어 기쁘고 반갑습니다. 내 나이 벌써 여든 둘이라 요즘은 청력이 떨어져 타인과의 대화에 다소 어려움이 있지만, 그러나 아직도 주변의 특별한 도움 없이 생활할 수 있고, 체력이 떨어져 직접적인 활동은 할 수 없다고 하더라도 글 쓰는 문서 전도는 지금도 할 수 있어, 미약하나마 이 일로 하나님의 일을 계속하며 살 수 있다는 것이 그렇게 즐거울 수가 없습니다. 나는 요즘 내 생애 최고의 순간을 사는 기분입니다."

배 : "인생의 후반을 맞이한 대부분의 노인들이 생에 대한 아쉬움과 두려움과 지난날에 대한 연민 가운데 살아가고 있는 것에 비해 목사님께서는 지금이 생애 최고의 순간이라고 말씀하시는 것에 대해 다소 의아하게 생각됩니다."

이 : "나도 젊을 땐 항상 앞날에 대한 계획과 고민을 가지고 살았지만 지금은 그러한 고민들로부터는 완전히 자유로워졌습니다. 밤에 잠자리에 누워서도 '아, 오늘 하루도 살았구나. 하나님 감사합니다.' 이 기도가 나의 전부예요. 아침에 눈을 뜨면 '아, 오늘도 살았구나. 하나님 감사합니다.' 하고 신나게 사는 거죠."

배 : "목사님께서는 워낙 조용히 생활하시기에 지역사회 많은 분들이 목사님에 대해 잘 알고 있지 못하는 것 같습니다. 간단히 목사님 본인 소개를 좀 해주십시오."

이 : "1927년 1월 1일 경남 마산에서 태어났고요, 마산대학과 대전신학교를 거쳐 미국에서 다시 신학교를 마쳤고, 일단 귀국하여 주한 미국선교본부에서 미국인 선교사들과 더불어 한국 선교에 일했습니다. 그 후 다시 미국으로 재입국하여 미국 남침례교 총회로부터 한국어와 일본어를 통한 미국 내 선교사로 임명되어 유타 주에서 한국교회와 일본교회를 세워 24년간의 목회를 마치고 은퇴한 후 이곳 라스베가스에서 현재 10년째 생활하고 있습니다."

배 : "신학을 하시게 된 동기 혹은 배경은 무엇이었습니까?"

이 : "대학을 졸업하고 한동안 일선 교육현장에서 성경과 영어를 가르친 적도 있지만 내 마음엔 항상 교육을 통한 전도보다 직접적인 현장 전도에 대한 욕구가 많았어요. 그 후 학교 경영을 책임지고 있을 당시 어떤 일로 크게 모함을 당한일이 있었는데, 그 일로 인하여 한 달 동안 두문불출 기도를 계속하는 가운데 하나님께서 나에게 새로운 비전을 보여주셨어요. 인생 중반기에 아이 셋을 둔 가장이 안정된 학교 교장 직을 버리고 목회자가 되려고 신학교 문을 두드린 거죠."

배 : "신학을 마치신 후 목회자의 길이 아닌 선교단체에서 선교활동을 하셨는데 그 이유와 활동 내용에 대해 소개 좀 해 주십시오."

이 : "내가 속해 있는 미국 남침례교단에서 내게 장학금을 지급할 때 내가 미국 신학을 마친 다음 얼마동안 한국 내 미국 선교부에서 일할 것을 약속했기 때문입니다. 약 5년을 한국 선교부에서 일했는데, 전국적인 규모에서 한국교회들을 원조하는 일, 영화(미국에서 제작한 복음영화) 전도, 방송 전도, 군인 전도 등의 일을 했습니다. 한 번은 무디 선교사를 주인공으로 하는 영화를 한국에 소개할 때 전문 성우들을 구하지 못해 내가 무디 역의 한국말 더빙을 했는데 그러자 내 목소리를 아는 친구들이 그 영화를 보고서 나를 '무디, 무디' 라고 부르기도 했어요."

배 : "유타 주 솔트레익 시티에 최초로 한국교회를 세우셨는데 그때의 상황을 좀 말씀해 주십시오. 몰몬 성지에 교회를 세

우는 것이 쉽지 않으셨을 텐데."

이 : "말씀하신 것과 같이 솔트레익 시티는 몰몬교의 세계적 중심지입니다.

미국 남침례교 총회가 한국교회와 일본교회를 거기에 세우도록 나를 파송했으니 특별히 준비된 것은 없었지만 당장에 솔트레익으로 달려갔지요. 일주일 동안 호텔에 머물면서 맨 먼저 전화번호부와 씨름을 했습니다. 두터운 전화번호부를 마지막 장까지 훑어도 한국 사람인 듯한 스펠이 없었습니다. 나중에 안 일이지만 당시 이 도시 안에 한국인이 16명이 살고 있었는데 거의 모두가 미군과 결혼한 한국부인이어서 성이 모두 미국 성이니 번호부에 없을 수밖에. 나머지 몇 사람은 유타대학 유학생이었으니 번호부에 없었고요. 일주일 후 미국인 총회 목사가 나를 찾아와 아주 작은 가게에서 동양식품을 팔고 있는 한 사람을 만나게 해 주었어요. 한국인이었어요. 그래서 식품점을 드나들며 한국인 한 사람 한 사람씩을 만나게 되었어요. 그리고 날짜를 하루 정해 모두 한 곳에 만나기로 했는데 한사람도 빠짐없이 모두 다 나왔어요. 그 수가 16명이었어요. 그것이 한국교회의 시작이었어요."

배 : "그것이 몇 년도의 일입니까?"

이 : "1975년도의 일입니다."

배 : "그곳에서 일본 교회도 함께 개척하시고 은퇴하실 때까지 두 교회를 동시에 담임하셨다고 들었습니다. 그 배경에 대해 말씀해주십시오."

이 : "내가 임명 받은 직책이 미국 내 한국어, 일본어 선교

사였었으니까요. 한국교회가 9년쯤 지나자 어느 정도 자리가 잡혀 1984년에 일본교회를 시작했지요. 제2차 세계대전 중에 특별수용소에 수용되어 있던 일본인 2세들이 전쟁이 끝난 후에도 유타에 많이 살고 있었기 때문에 전도 대상이 아주 없었던 것은 아니었어요. 유타대학 의과가 인공심장으로 유명해지자 일본에서 많은 학자들이 모여들기도 했어요.”

　배 : “한국 교인과 일본 교인의 서로 다른 점이 있다면?”

　이 : “사람의 모습, 생김새는 서로 닮았지만 사고방식과 행동 바탕에는 상당히 차이가 있습니다.

　복음을 받아들이는 문제에서 한국인에 비해 일본인은 매우 어렵고 힘이 듭니다. 한국인은 불신자라 해도 교회에 들어오는 일에 크게 저항을 느끼지 않는 것이 보통인데, 일본인은 불신자의 경우 거의 절대로 교회로 발걸음을 옮기지 않습니다. 그러나 일단 믿게 되면 변함이 없습니다. 뿐만 아니라 한국인의 경우 교인 70~80명은 되어야 목회자 한 사람을 자력으로 모실 수 있다고 하지만 일본교회는 20~30명이 되면 너끈히 목회자를 모실 수 있게 됩니다.”

　배 : “다소 무거운 질문입니다만 ‘기독교의 본질’은 무엇입니까?”

　이 : “‘기독교의 본질’을 ‘기독교란 무엇인가’라는 말로 바꾸어 말씀드리고 싶습니다.

　‘기독교는 예수 그리스도’ 입니다. 예수 그리스도는 기독교 신앙의 핵심을 이루는 존재입니다. 말을 바꾸면 예수 그리스도가 없는 기독교는 있을 수 없다는 뜻입니다. 이러한 기독교의 본질을 가장 짧음 말로, 가장 완벽하게 표현한 것이 마태복음 16장 16절에 있는 사도 베드로의 유명한 신앙고백입니다. '주는 그리스도요 살아계신 하나님의 아들이시이다' 라고 한 말씀 가운데 기독교의 핵심이 모두 들어 있습니다. '하나님은 살아계신 분이시고, 성도의 신앙 핵심인 예수는 하나님의 아들이시고, 이 예수는 그리스도 곧 나의 구주이시다' 라고 갈파한 것입니다.

이 말씀에서 놓칠 수 없는 또 하나의 명제는 '기독교는 관계를 묻는 종교다'라는 것입니다. 하나님과 예수의 관계(성령을 합하여 삼위일체), 죄 때문에 멀어진 나와 하나님과의 화해와 사랑의 회복관계, 나를 위해 십자가를 지신 예수와의 강요되지 않은 자발적인 사랑의 관계, 거기서 파생되는 나와 이웃의 관계, 이것이 기독교입니다. 사랑을 토대로 하는 화해와 기쁨과 감사가 거기에 존재하는 '관계의 종교'가 기독교입니다."

배 : "올바른 기독교인으로 산다는 것은 어떤 것 입니까?"

이 : "죄에는 두 가지가 있습니다. 원죄와 자범죄(스스로 지은 죄)의 구분이 아닌, '해서는 안 될 일을 한 죄' 와 '해야 할 일을 아니한 죄' 입니다. 보통 그리스도인들은 금지된 것을 아니하는 것으로만 죄를 범하지 않는 생활을 한다고 생각합니다. 그러나 그것보다 더 큰 것은 해야 할 것을 아니하는 죄를 범하지 않는 적극적인 신앙생활이 이루어져야 합니다. 기독교는 다른 종교와 달라 소극적이 아닌 적극적이고, 부정적이 아닌 긍정적이고, 슬픔이 아닌 기쁨이 지배하는 종교입니다. 우리는 예수를 영접함으로서 죄 용서를 받았습니다. 그런데도 밤낮 지

난 날 지은 죄를 끌고 다니면서 슬퍼하며 가슴을 치는 생활을 계속하는데 이젠 그러한 것으로부터 벗어나 자유로워야 합니다. 이제는 한없이 기뻐해야 합니다. 명랑해야 합니다. 그리스도인이라면 마땅히 이런 생활로 바뀌어야 할 것입니다.

또 한 가지가 있습니다. 성경적으로 말할 때 가장 큰 죄가 교만의 죄입니다. 천사장이 사단으로 타락한 것이 하나님과 같이 되고자 하는 교만 때문이었습니다. 아담과 하와가 지은 죄도 하나님을 절대자로 여기지 아니한 교만 때문이었고, 가인이 아벨을 죽인 것도 하나님이 지으신 인간 생명을 대수롭지 않게 여기는 하나님에 대한 교만 때문이었습니다. 모든 죄의 뿌리가 교만이라 하겠습니다. 교만의 반대는 겸손입니다. 예수의 교훈 중에 가장 큰 덕목이 겸손입니다. 진정한 그리스도인에게는 겸손한 생활 태도가 요구됩니다."

배 : "오늘날 한국교회가 직면하고 있는 기독교인의 감소현상에 대해 그 이유가 어디에 있다고 보십니까?"

이 : "여러 가지 이유들이 있겠습니다만 두 가지만 얘기한다면, 목회자의 자질 저하, 교회에 대한 신뢰도 하락을 들고 싶습니다. 중요한 것은 오늘날의 교회가 사람들이 바라는 진실된 요구를 채워주지 못하고 있음이 아닌가 생각합니다."

배 : "기독교의 인본주의 신앙사상과 신본주의 신앙사상의 차이는 무엇이며 목사님의 생각은 어떠하신지요?"

이 : "원래 인본주의라는 말은 휴머니즘(Humanism)이란 단어에서 나온 것으로 생각됩니다. 14세기에서 15세기에 걸쳐 유럽에서 일어난 르네상스(문예부흥) 때에는 인문주의, 인간주의,

또는 인도주의로 표현되기도 했지요. 중세 봉건사회와 부패한 기독교 교회로부터 인간해방을 요구하는 지적운동에 결부된 말이었습니다. 이것의 연장이 18세기의 계몽사상이며 19세기에 들어와서 새로운 휴머니즘으로 발전하기도 했습니다.

일반적으로 이 인본주의 사상은 인간을 인간답게 만드는 본성, 말하자면 인간성을 존중하여 인간적인 사회의 실현을 목표로 삼습니다. 그러기에 인간 고유의 여러 요구나 그 창조적 표현인 예술, 도덕, 과학 등을, 그것을 억압하려는 정치적, 경제적 속박에서 해방시켜 올바른 발전과 실현을 이룩하고자 하는 사상이자 운동입니다. 따라서 이 말이 지닌 순수한 뜻대로라면 나무랄 것이 없는 사상입니다. 그러나 이것이 기독교와 관련될 때 문제를 야기 시킵니다. 인간의 종교적 신앙은 영적 영역에 속한 현상입니다.

기독교에서는 하나님이 창조하신 인간의 세 가지 요소를 몸, 마음, 영이라고 말합니다. 영은 동물에게는 없는 부분인데 사람을 만드신 하나님이 그에게 생기를 불어 넣으셨다는 창세기 기록이 영을 말하는 것이고, 이 영이 하나님을 알게 하는 부분입니다. 인본주의 자체는 나쁘지 않으나 사람이 이성만으로 영의 세계를 다룰 수 없습니다. 인간의 인지가 발달하고 인간의 존엄성이 고양되는 부분이 와도 영적세계는 영으로라야 해결이 된다고 봅니다. 바울 사도는 영의 일은 영이라야 분간한다고 말씀하셨습니다.

기독교는 인간이 하나님을 찾는 것이 아니고 하나님이 스스로 인간에게 자기를 나타내시는 계시의 종교입니다. 거기에서 인간의 이성을 초월하는 부분도 있습니다. 하나님의 말씀에서 초자연성을 제거해버리면 나머지는 평범한 인생철학으로 격하될 수도 있습니다. 신본주의는 하나님의 말씀을 그대로 믿고 하나님 입장에서 신앙문제를 다루는 것입니다. 그러나 신본주의라는데도 약점이 없는 것은 아닙니다. 인간의 이성도 하나님이 주신 능력입니다. 이것을 사용하여 하나님의 참 뜻을 헤아려내는 도구로 삼아야 한다고 생각합니다."

배 : "존경하는 신학자와 그 사상을 소개해 주십시오."

이 : "종교개혁 때의 개혁 지도자 중의 한 사람입니다. 스위스의 동북지방에서 1월 1일 설날에 태어났습니다. 나와 같은 생일을 가진 사람이지요. 이름은 즈윙글리(Zwingli, 1484~1531)입니다. 마르틴 루터보다도 한 걸음 더 나아간 개혁자여서 교회의 구조, 예배, 의식면에 이르기까지 근본적인 개혁을 이룩한 신학자입니다. 교황의 절대적 권력 하에 생명을 걸고 진리를 위해 싸운 신학자입니다. 결국은 실제 전쟁에 종군 목사로 활약하다가 전사했습니다. 오늘날 스위스, 화란 등에 개혁 교회를 심게 된 선구자라 할 수 있습니다."

배 : "서두에 말씀하신 문서 전도에 대해 말씀해주십시오."

이 : "한국에서 전국 규모로 실시했던 성경 통신강좌, 방송잡지 발행 등의 문서전도의 경험을 바탕으로 유타 주에서 은퇴를 한 후 시작한 것이 일본어로 엮는 월간 월보입니다. 레터 사이즈 8페이지 정도의 설교, 수상, 구약과 신약의 해설, 어린이들을 위한 성경 이야기, 기독교의 역사 등의 내용으로 일본어 독자들에게 발행해오고 있습니다. 미국 각 주와 일본에 사는 독

자들의 수는 약 200명가량이지만 이 월보를 입수한 교회가 프린트해서 나누는 일들이 있기 때문에 전도 효과가 기대되고 있습니다. 하나님이 이 부족한 종에게 일본어를 사용할 수 있는 능력을 주셔서 이처럼 그들에게 복음을 전할 수 있게 된 것을 기뻐하고 감사를 드리고 있습니다.”

　배 : “안정된 교장 직을 내 던지고 신학교의 문을 두드리게 하신 하나님의 섭리가 오늘날 목사님을 통해 많은 사람들이 그리스도인의 삶을 사는 축복의 계기가 되었던 것 같습니다. 한국 내 미국 선교부의 일과 유타 지역 최초 한국 교회, 일본 교회를 세워 은퇴하실 때까지 24년간 그 곳에서 잘 감당하게 하게 하신 하나님의 은혜를 이 시간 함께 감사드리지 않을 수 없습니다. 목사님의 말씀을 듣고 있노라면 목사님께서는 시편 1편에 기록된 ‘오직 여호와의 율법을 즐거워하여 그 율법을 주야로 묵상하는 자는 ‥‥‥‥ 그 행사가 다 형통하리로다.’라는 말씀이 생각납니다. 막힘없이, 꼬임 없이, 형통한 삶, 성공적인 삶을 사신 목사님께 박수와 축하를 보내 드립니다. 이제 이민목회를 하신 원로의 입장에서 후배 목회자들에게 간단히 한 말씀 해주십시오.”

　이 : “이민 목회가 본국 목회와 다른 점은 교인들의 상황이 다르다는데 있습니다. 이민 와서 말이 안통하고 해보지 않은 일을 해야 하고, 사고방식과 습관이 다른 환경에서 받는 것은 스트레스뿐입니다. 이러한 생활에 지친 교인들을 따뜻하게 감싸 줄 수 있는 곳은 교회뿐입니다. 교인들을 사랑하고 위로하고 용기를 주는 목회자가 되셨으면 좋겠습니다.”

배 : "오늘 대담이 교회 운영이나 목회 경험담에 있지 않고 신학에 기초하여 진행될 수 있었음을 목사님께 감사드립니다. 끝으로 목사님 가족을 좀 소개해주십시오."

이 : "아내 윤옥석과 사이에 남매가 있는데, 아들은 오클라호마 주에서 지내며 손자, 손녀 하나씩을 내 품에 안겨주었고, 딸은 여기에서 같이 살다가 2년 전 캘리포니아로 이사를 했는데 거기도 손자 둘을 내 품에 안겨주었어요. 현재 노부부만 살고 있어 이웃에서 우리를 외롭고 가련하게 볼지 모르지만 우리 부부는 매일 말씀을 묵상하고 찬양하고 주의 일을 생각하며 살고 있어 하루하루가 그렇게 즐거울 수가 없습니다. 우리 생애 최고의 순간을 살고 있습니다."

배 : "긴 시간동안 좋은 말씀해주서서 대단히 감사합니다."

 유 승 복 (여행가)

"내 나이 예순 아홉, 나는 오늘도
배낭여행을 떠난다"

배상환(이하 '배') : "안녕하십니까? 〈L&K 초대석〉이 우리지역 원로들을 모시고 그 분들의 지나온 삶을 통해 오늘의 삶의 지혜를 구하고, 그 분들이 라스베가스에서 우리의 이웃으로 계신다는 사실만으로도 우리에게 큰 위로와 자랑이 될 것을 확신하기에 이 면을 진행하고 있습니다. 라스베가스 거주 한인 가운데 세계각지를 배낭여행 하시는 특별한 분이 계신다는 소식을 접하고 몇 개월째 뵙기를 원했었는데 오늘에야 드디어 유 선생님을 뵙고 말씀을 듣게 되어 대단히 기쁘고 감사합니다."

유승복(이하 '유') : "과찬의 말씀입니다. 감사합니다. 배 원장에 관한 좋은 말씀은 여러 번 들었습니다. 활발한 문화활동으로 이 지역 교민 생활에 향기를 불어 넣어 주시니 감사한 일이지요."

배 : "먼저 간단히 본인에 관해 소개 좀 해주십시오."

유 : "1940년 서울에서 태어났고요. 6.25전쟁 때 인천으로 피난 가 그곳에서 인천 중학교, 인천사범학교를 졸업하고 연세대학교 화학 공학과를 졸업했습니다. 졸업 후 한국화약(한화그룹)에 입사하여 9년 동안 인천 공장과 본사 그리고 동경 지사에 근무하였고, 그 후 1973년부터 금호 아시아나 그룹에 입사하여 금호산업 상무이사, 금호 Japan 사장 그리고 아시아나 항공 전무이사 등 19년간 근무했습니다. 그 후 제 사업을 하다가 은퇴하고 현재 젊은 날 그토록 그리던 해외 배낭여행을 마음껏 하며 지내고 있습니다. 2007년에 미국 라스베가스로 이민 왔습니다."

배 : "저는 사실 유 선생님을 소개해주신 분이 자신보다 대선배님이라고 해서 저 나름대로의 모습을 상상하고 나왔는데 실제로 뵈니 오늘 올림픽 배구 경기에 출전하셔도 될 만한 큰 키와 건강과 넘치는 힘이 있으신 것 같아 약간은 놀랐습니다. 특별한 건강비결이라도 가지고 계신지요?"

유 : "글쎄요. 매사에 무리하지 않는다고나 할까요. 학생시절에 유도, 역도, 축구를 했습니다만 지금은 많이 걷는 편입니다. 집 가까이에 레드락 캐넌이 있어 요즘도 자주 산에 오릅니다."

배 : "선생님께서는 주로 혼자서 배낭여행을 즐겨하신다고 들었습니다. 혹 지금까지 여행하셨던 것들을 간략히 소개해주실 수 있겠습니까?"

유 : "인도 캘커타에서 뉴델리 경유 뭄바이(봄베이), 마드라스를 지나 스리랑카까지 약 2개월간 육로 배낭여행을 했고, 터키, 시리아, 요르단, 이스라엘, 이집트 등을 약 1개월씩 2회에

걸쳐 육로 배낭여행을 했습니다. 중국 상해에서 돈황을 거쳐 북경, 곡부 등을 2개월 육로 배낭여행을 했고, 태국, 캄보디아, 말레이시아 등을 1개월 동안 육로 배낭여행을 했습니다. 그리고 전 세계 약 50개국 여행과 약 60일간의 세계일주를 세 차례 했습니다. 우선 생각나는 것들입니다.”

배 : “그렇게 많은 여행을 하셨으니 이제는 여행가라고 불리시는 것이 옳을 것 같습니다. 여행을 즐겨하시게 된 동기나 그 배경은 무엇입니까?”

유 : “저는 어려서부터 호기심이 많아 몹시 싸돌아다닌다고 어른들로부터 야단도 많이 맞았어요. 다른 나라, 다른 환경에서 살고 있는 사람들의 생활과 문화에 대해 항상 많은 궁금증을 가지고 있었어요. 그러던 차에 아시아나 항공을 퇴직하고 나니 출항 비행기에 빈 좌석이 있을 경우 정규요금의 10%만 내면 탑승할 수 있는 혜택이 내게 주어져 그것을 최대로 활용한거죠.”

배 : “여행은 패키지 여행과 배낭여행으로 구분하여 생각할 수도 있다고 봅니다. 배낭여행이 갖는 매력은 무엇이라고 생각하십니까?”

유 : “패키지 여행은 전문가(여행사)에게 모든 것을 맡기기 때문에 여행 중 작은 신경들을 쓸 필요가 없고 아주 편리합니다. 그리고 일정상의 군더더기 없이 방문지의 진수만을 본다는 장점도 있지요. 그러나 배낭여행은 목적지 선택과 이동경로, 체류일정, 비용 등을 모두 자기가 결정합니다. 배낭여행자들은 보통 현지의 서민적인 음식을 먹고, 배낭 이용자들을 위한 숙

박시설을 이용하기 때문에 다른 여행자들과의 만남의 기회도 많고 그들을 통해 여행과 관련된 것을 비롯해 다양한 정보를 교환하기도 합니다. 배낭여행은 때로 힘이 들기도 하지만 패키지 여행에서 맛볼 수 없는 자유로움을 충분히 즐길 수 있습니다.”

　배 : “여행을 떠나시기 전에 준비하시는 것은 어떤 것들입니까?”

　유 : “문화는 ‘아는 만큼 보인다.’ 고 그러잖아요. 저는 ‘준비한 만큼 즐긴다.’ 고 말씀 드리고 싶습니다. 저는 한 달을 여행하려면 최소 출발 두 달 전부터 준비에 들어갑니다. 중국에서는 한국어, 영어, 일본어가 안 통하기 때문에 중국을 여행하기 위해 서울에서 열 달 가량 중국어 학원에 다닌 적도 있습니다.

　여행에 관한 자료로는 Lonely Planet같은 여행 안내서를 보고 정보를 수집하여 스케줄을 짜고, 먼저 갔다 온 사람의 여행기를 읽으며 꼭 가야할 곳과 주의해야 할 점 등을 파악 합니다. 휴대품은 최소화(배낭 무게 약 10kg)하여 기동성을 극대화하며, 급하게 필요한 것은 현지 조달합니다.”

　배 : “가장 인상적이었던 여행 한 두 곳을 소개 좀 해주십시오.”

　유 : “제가 처음 갔던 배낭여행지가 인도였는데 나중에 알고 보니 인도는 배낭여행지로는 대학 수준에 해당하는 힘든 곳이었어요. 무턱대고 덤벼들기에는 Culture Gap이 너무 컸지요. 고생이 많았습니다.

　처음 배낭여행을 떠나는 사람은 동남아시아에서 훈련을 쌓는 것이 좋을 것 같고요. 그렇다고 동남아 국가가 볼거리가 없다는 뜻은 아닙니다. 예컨대 태국의 유서 깊은 불교문화, 캄보디아의 찬란한 앙코르 왓트 문화, 인도네시아의 토착종교와 불교가 결합한 독특한 문화 등은 거의가 천년 정도 된 것들입니다.

인상 깊었던 곳이 너무 많아 차라리 열거하기가 어렵군요. 너무나 유명한 소크라테스의 나라 그리스, 공자의 탄생지 중국의 곡부(취후), 석가모니의 첫 설법지인 인도의 파트나(Patna), 그리고 예수 그리스도의 이스라엘의 베들레헴, 예루살렘 등은 모두가 볼 것 이상의 강한 정신적인 인상을 주는 곳이기도 합니다."

배 : "여행은 자연 뿐만 아니라 타 인종과의 만남도 특별히 소중할 것으로 생각됩니다."

유 : "그렇죠. 지역에 따라서는 아주 빈곤한 삶을 살아가고 있는 인종들도 있지만 그들이 그곳에서 수천 년의 문화와 문명을 가꾸어온 사람들이라는 생각이 들 땐 그들 앞에 숙연해지기도 합니다.

예컨대 중국 사람들은 내가 여행할 당시(10여 년 전)만해도 지방은 어렵게 살면서도 유교전통이 살아 있어서 체면과 자존심이 강했던 반면, 인도 사람들은 그것과는 달리 다소 질서가 없는 듯 하면서도 정신적 자유를 즐기고 있는 것 같았어요."

배 : "요즘은 전 세계가 경제적으로 어려워 모두가 힘들어하고 있습니다. 이럴 때일수록 정신건강에 유의해야 한다고 생각합니다. 정신적 안정을 위해 약간의 무리를 해서라도 해외여행을 한다면 어디가 좋겠습니까?"

유 : "정신적인 안정을 위한 여행이라면 동남아도 좋지만 저는 인도 배낭여행을 한번 권하고 싶습니다. 비행기 값 이외는 현지에서 본인의 자세를 낮추기만 하면 하루 25불 정도로 숙식 및 관광이 가능합니다.

인도를 여행 중일 때는 빨리 이곳을 벗어나야지 하는 생각을 할 때도 있지만 여행에서 돌아와 다음 여행을 계획할 때 맨 먼저 떠오르는 것이 바로 인도이기도 합니다. 인류 4대 문명 발상지 중의 하나인 이곳은 힌두교, 불교, 이슬람교의 유적들이 가는 곳마다 가득 합니다."

배 : "세계 50여개의 나라와 많은 타민족들을 만나시면서 느끼신 우리 대한민국의 국민성은 어떠하다고 생각하십니까?"

유 : "대한민국의 국민은 우수합니다. 정이 많고요. 머리 좋고 공부하는 민족이어서 저력이 있는 것 같습니다. 어느 나라에 가 봐도 우리 국민은 중, 상류층에 자리 잡고 활동적으로 삽니다. 해외 골프장에서 골프 치는 한국 교민들은 봤어도 해외 골프장에서 잔디 깎는 한국 교민은 못 봤거든요."

배 : "여행에 관해 말씀을 나누다보니 유 선생님께서 하셨던 사회 활동에 관해 제가 그냥 지나칠 뻔 했습니다. 서두에서 한국화약과 금호 아시아나 그룹에서 30여 년간 근무하셨다고 하셨는데 직장생활 중 가장 인상적이었던 일은 어떤 것이었습니까?"

유 : "1990년 9월 아시아나 항공 재직 당시, 회장님을 수행하여 영국 판버러(Farnborough)국제 에어쇼에 출장 중, 아시아나 항공과 미국 보잉사 사이에 체결된 보잉 747-400을 비롯한

총 51대의 항공기 구매 계약이 가장 인상에 남습니다."

배 : "자동차도 아니고 최신형 비행기 51대를 한 번에 계약하는 일을 하셨다니 놀랍기만 합니다. 어쩌면 유치한 질문이 되겠습니다만, 제가 이것을 여쭙지 않고서는 도저히 궁금해서 대담을 진행할 수 없을 것 같아 여쭙습니다. 그 총 구매가격은 얼마나 되었습니까?"

유 : "계약 총액은 약 60억불 규모 이었습니다."

배 : "우와! 60억원이 아니고 60억불이었다는 말씀이시군요. 정말 놀랍습니다. 놀란 가슴을 진정시키기가 쉽지 않군요. 화제를 바꿔야겠습니다.

직장생활에 대한 유 선생님께서 생각하시는 원칙, 철학 같은 것이 있으시다면?"

유 : "저는 월급쟁이로 약 30년을 살아왔습니다. 당연한 일이지만 저는 항시 '이 회사는 내 회사다.' 라는 생각으로 일했습니다. 일을 찾아서 했고, 또 정직하게 업무를 처리했습니다. 그렇게 했기에 내가 큰 회사의 큰일을 담당할 수 있었겠죠. 내가 일하는 회사를 내가 속여 먹을 수는 없는 것 아니겠습니까? 비행기 구매 업무를 포함하여 20년 넘게 회사의 구매 업무를 수행해 왔습니다만 재직 중이나 퇴직 후 단 한건의 스캔들도 없었습니다."

배 : "선생님께서는 대단한 독서가로 제가 알고 있습니다. 요즘 읽고 계시는 책들은 어떤 것들입니까?"

유 : "저는 현재 은퇴한 상태이고, 이렇다 할 특기나 취미가 없어서 저녁 시간엔 주로 책을 읽습니다. 대략 한 달에 두, 세

권 정도 읽는데 지난주에는 위치우위(중국 화동 사범대교수)의 "세계 문명 기행"을 읽었고 지금은 쉴러(예일대, 경제학교수)의 공저 "야성적 충동(Animal Spirits)"을 읽고 있습니다."

　배 : "선생님께서는 지구상의 수많은 도시를 둘러보셨는데 선생님께서 생각하시는 라스베가스는 어떤 도시입니까?"

　유 : "제가 과거에 여행자로서 라스베가스에 왔을 때는 오직 즐기기(fun) 위해서였고 또 그때는 제 눈에 보이는 사람들이 모두 즐기는 사람들로만 보였어요. 그러나 여기에 정착하여 주민의 시각에서 보니까 그게 아니더군요. 이 도시 주민들도 다 직장에 출근하고 처자식 거느리고 집에서 밥 먹고 그렇게 살고 있죠. 다른 도시와 다를 게 하나도 없어요. 내 친구는 라스베가스 주택가를 둘러보고 라스베가스에도 이런 동네가 있느냐고 그러더군요. 세계 최고의 호텔·카지노가 즐비한 스트립만이 라스베가스인 줄로 착각한 것이지요.

　라스베가스는 가끔 생활에 휴식을 필요로 하는 사람들에게 그 역할을 다하는 곳입니다. 그러나 평생을 휴식만 취하다가 죽으려는 사람이 있다면 그는 라스베가스에 살아서는 안 되겠지요."

　배 : "가족을 좀 소개해 주십시오."

　유 : "저와 아내 그리고 아들 하나, 딸 하나가 있습니다. 지금 집에는 우리 부부만 살고, 1/2마일 쯤 떨어진 곳에 내과 의사인 아들과 며느리, 손녀 둘, 손자 하나가 살고 있고, 서울에 딸과 안과 의사인 사위 그리고 외손녀 둘이 있습니다."

　배 : "현재 계획 중이신 여행지는 어디입니까?"

유 : "지금 계획 중인 여행지는 잉카 문명의 요람인 페루의 마추피추 입니다. 20여 년 전에 페루의 리마까지 갔으나 현지의 기상 악화로 비행기가 못 뜨는 바람에 그냥 돌아 온 적이 있습니다. 아메리카 대륙에서는 멕시코의 마야 문명과 아즈텍 문명, 그리고 페루의 잉카 문명 등이 가장 오래된 역사의 유적이라고 봐야겠지요."

배 : "좋은 여행되시기를 바랍니다. 선생님과의 오늘 대담은 제가 마치 멋진 여행을 하고 막 돌아온 듯한 그런 기분 좋은 느낌입니다."

유 : "저 또한 즐거운 여행 같았습니다."

배 : "긴 시간 동안 귀한 말씀 해주서서 대단히 감사합니다."

박 춘 (한의사)

"꿈에는 나이 제한이 없습니다"

배상환 원장(이하 '배') : "안녕하십니까?

지난 해 1월 미주 중앙일보 사회면에 실린 기사 하나를 저는 아직도 기억하고 있습니다. 당시 그 기사의 제목은 '70대 한인 여성 박춘씨, 한의사 자격증 취득 2막 인생'이었던 것으로 기억하고 있습니다. 기사를 읽으며 기사의 주인공인 그 분의 도전정신과 삶의 열정에 크게 놀랐습니다. 그런데 그 분이 최근에 아들이 살고 있는 미국으로 와서 그 어려운 한의학 공부를 시작하여 마쳤다는 점과 그 분이 바로 라스베가스에 살고 계신다는 사실이 저를 또 한번 놀라게 했습니다. 〈L&K 초대석〉이 오늘 그 화제의 주인공 박춘(미국명 Jung Chun) 선생님을 모시고 대담을 진행하게 된 것을 대단한 영광으로 생각합니다."

박춘 여사(이하 '박') : "멀리 나라 밖에서 우리말을 함께 나눌 기회를 주신 것을 감사드립니다. 그리고 아무 일도 한 것

없는 본인을 초대해 주신 〈L&K〉와 배 원장님께 감사드립니
다.”

배 : “오늘 대담을 나누는 것이 제게는 대단히 가슴 벅찬 일
로 생각되어집니다. 앞으로 선생님과의 말씀을 통해 큰 도전과
뜨거운 삶의 열정이 저와 우리 〈L&K〉 독자들에게도 전해질
것을 기대해 봅니다. 그런데 선생님의 그러한 도전과 열정은
어디로부터 생겨나는 것입니까?”

박 : “지금 이것은 몇 달 전 한국의 모교대학에서 제게 보내
준 동문회보입니다. 여기에 보면 의과대학 출신인 현 총장이
유학 대학원 석사과정에 신입생으로 입학했다는 기사가 있는데
저는 그 기사가 마음에 들어 이 신문을 보관하고 있습니다. 공
부는 머리 회전도 빠르고 암기력도 좋고, 몇 시간이고 앉아 책
과 씨름할 수 있는 젊은 시절에 할 수 있으면 좋겠지만 그러
나 결코 나이가 많아서 공부를 할 수 없다는 이야기에는 동의
할 수 없습니다. 무엇이든 해야겠다면 해야죠. 꿈을 실현하고
자 하는데 나이가 무슨 상관이 있습니까. 꿈에는 나이 제한이
없습니다.”

배 : “선생님의 말씀은 오십대 중반을 살고 있는 제게 강한
질책의 말씀처럼 들려 갑자기 정신이 바짝 듭니다. 먼저 선생
님 본인에 대해 간략히 소개 좀 해주십시오.”

박 : “경북 대구에서 출생하였으며 경북여고와 경북대학교
사범대학을 졸업하였습니다. 1956년 대학을 졸업하면서 남편과
결혼하여 서울로 온 뒤 61년까지 세 아들을 낳아 키웠고, 63년
성균관대학교 국문학과에 편입하여 동 대학원 석사과정을 모두

마쳤습니다. 한문 연구에 특별히 관심이 있어 서울대학교 규장각과 민족문화추진연구소에서 고문서 정리, 번역, 교정 등의 일을 한 때 했고, 한국정부의 남편에 대한 조작된 음모에 의해 한 때 힘든 시절을 보내기도 했습니다. 1990년부터 두 아들이 사는 미국을 수차례 방문하였으며 99년 남편 사별 후 본격적인 미국생활을 시작하면서 남편을 잃은 슬픔을 이겨내기 위해 시작한 사우스 베일로 한의과 대학 공부를 2003년에 졸업하고 막내아들이 살고 있는 라스베가스로 와 현재 지내고 있습니다. 캘리포니아 주 한의사 자격증 시험도 이곳 라스베가스에서 공부하여 합격하게 되었습니다.”

배 : “일반적으로 사범대학을 졸업하면 교사로 근무하는 것이 보통인데 교사생활도 하셨는지요?”

박 : “경북사대를 졸업하면서 바로 1급 정교사 자격증을 가지며 제게 경북 안동여고에 발령이 났습니다만 보수적이신 부모님께서 여자의 사회활동을 원치 않으셔서 대신 결혼하여 서울로 왔죠. 서울에서도 남편이 풍문여고 교사 자리를 마련해 주었지만 경상도 사투리로 서울학생들 앞에 서는 것이 두려워 제가 사양했었습니다.”

배 : “자신의 사투리 억양에 웃을 학생들이 두려워 교직을 포기하셨다는 말씀에 순진하고 소심한 한 젊은 여성을 그려보게 됩니다. 결혼 초의 생활은 어떠하셨습니까?”

박 : “결혼 당시 남편은 A.P합동통신사 외신부장으로 각종 외신을 취급하며 바쁘게 생활했죠. 남편이 젊고 능력 있고 촉망받는 언론인이었던 것에 비해 저는 집에서 아이만 키우는 소

극적인 삶을 살고 있음을 깨닫고 아이를 셋 둔 결혼 8년째 되던 해에 남편과 상의하여 공부를 더 하기로 결심을 했죠. 그래서 성균관대학교 국어국문과에 학사 편입하여 대학원까지 마치게 되었습니다. 저는 초등학교 시절부터 오빠들의 영향으로 일본어로 된 소설 등 세계문학전집 등을 많이 읽었기에 일본문학을 전공하고 싶었지만 학과가 있는 대학을 찾지 못하고 대신 국문학과를 선택하게 되었죠. 국문학을 공부하는 과정에 한문의 매력에 빠져 한문공부를 또 집중적으로 하게 되었죠. 성균관대학은 우리나라 유일의 유교사상의 온상이니 자연히 한문을 많이 접할 수밖에 없었어요. 그리고 한학자 임창순 선생님께서 사학과 교수로 계신 관계로 그 분께 많은 지도를 받았습니다. 또 당대 유명한 도남 조윤제 박사, 월탄 박종화, 벽사 이우성, 그리고 한문학자 성낙훈 교수 등등의 기라성 같은 교수들에게 지도를 받기도 했습니다."

배 : "아, 청명 임창순 선생께 지도를 받으셨군요. 임창순 선생께서는 지난 1999년에 세상 떠나셨고 그 분의 업적을 기리기 위해 '임창순 학술상'이 2006년 제정되어 서원대 석좌교수인 이이화교수가 22권으로 낸 '한국사 이야기'로 처음 수상한 것으로 알고 있습니다."

박 : "임 교수님은 광화문에 태동고전연구소를 열어 국학을 연구하는 후배들을 모으며 서당식으로 한문을 가르쳤죠. 함께 배운 학생들 중에는 박봉식(전 서울대 총장), 안병직(서울대 명예교수)등 후일 학계에서 크게 활동한 학자들도 많이 있었죠. 요즘 생각해 볼 때 한 가지 놀라운 사실은 제 남편은 언제나

제게 한문은 '동양의 라틴어'라며 한문 공부의 중요성을 강조했
는데 오늘날 세계의 관심이 중국에 쏠리고 있는 것을 보며 그
분의 선견지명에 가끔씩 감탄하기도 합니다.

태동고전연구소에서 공부를 열심히 하고 있는 중에 연구소가
갑자기 문을 닫게 되었어요. 임창순선생님께서 정보부에 잡혀
가 수감되었기 때문이죠. 그리고 뒤이어 제 남편도 행방불명이
되었는데 수소문 해 보니 남산 모처에 있는 무시무시한 곳에
구속 감금되어 있었던 거예요.”

배 : “그것이 바로 그 유명한 '인혁당 사건'이군요. 인혁당 사
건에 대해 제가 좀 더 언급을 해본다면, 1964년 굴욕적인 한일
회담을 반대하는 반정부 시위가 전국적으로 일어나자 정부는
중앙정보부를 통해 시위의 배후에 북한으로부터 지령을 받고
움직이는 인혁당(인민혁명당) 세력이 있음을 밝히고 47명을 긴
급체포하고 그들에게 고문을 가해 자백을 강요하게 됩니다. 그
러나 당시 사건을 담당하던 검사들조차 어떠한 증거물도 발견
할 수 없다는 이유로 공소를 기각합니다. 결국 인혁당 사건은
연루자 중 몇 명만 사상적 경향을 이유로 실형을 받고 나머지
사람들은 모두 무죄로 석방하게 됩니다. 이것이 1차 인혁당 사
건입니다.

2차 인혁당 사건은 그 뒤 10년 뒤인 1974년 유신헌법을 반
대하는 학생들과 지식인들의 저항이 가열되고 조직화되자 위기
를 느낀 정부는 또 다시 시위하는 학생들을 '민청학련(전국민주
청년학생연맹)'으로 엮어 이들 학생들의 배후에 북한의 지령을
받은 남한 내 지하조직 세력이 있는데 그것이 바로 10년 전

국가전복에 실패했던 인혁당 세력이라고 발표했습니다. 이것이 '2차 인혁당 재건위원회 사건' 입니다. 1차 인혁당 사건으로 잡혀갔다가 무죄로 석방되었었던 사람들 중 많은 사람이 다시 잡혀간 사건이었죠. 그런데 당시 '민청학련' 사건으로 잡혀가서 사형선고를 받았던 이철, 유인태, 김지하 등은 대부분 감형 또는 형 집행정지로 석방되었지만 인혁당 사건으로 다시 잡혀갔던 도예종 등 8명은 대법원의 사형선고 후 20시간도 채 안되어 처형당하는 어이없는 일이 벌어지기도 했습니다. 국제 법학자협회는 이날을 '사법 사상 암흑의 날'로 규정하기도 했습니다."

박 : "아마도 당시 사회적으로 어느 정도 지명도가 있는 사람들은 정부가 어떻게 하지 못하고 그저 이름 없는 순수한 사람들만이 처형을 당한 것 같아 마음이 더욱 아팠습니다. 내 남편은 다시 복직되어 사회활동을 했습니다만, 구속자 가족들의 생활이란 정말 하루하루가 고통이고 지옥이었습니다."

배 : "그 후의 생활은 어떠하셨습니까?"

박 : "남편은 출감 후 명예롭게 언론계에 복직은 했지만 요주의 인물로 찍혀 항상 감시 받는 생활을 했어요. 임창순 선생님의 태동고전연구소도 문을 열지 못했죠. 그런데 아니러니 하게도 박대통령이 청와대로 남편을 불러 공보비서관 임명을 제안했는데 남편은 이를 거절했어요. 물론 그 뒤에도 감시는 계속되었어요. 인혁당 이야기는 그만하고 이제 화제를 바꾸었으면 합니다."

배 : "미국 한의과 대학 입학은 어떻게 시작하시게 된 것입

니까?"

　박 : "남편이 지병인 폐암으로 혼자서 세상을 떠나지 않았다면 저의 한의학 공부는 없었을 겁니다. 아마도 뒤늦게 되찾은 출국금지 해제로 전 세계를 함께 여행하며 신나게 살았을 겁니다. 혼자 남고 보니 귀여운 손자들과 지내는 시간들이 즐겁기는 하지만 날마다 드라마 등을 보며 지내는 자신이 한심하고 답답하게 생각되었습니다. 남편은 살아있을 때 언제나 책과 함께 했었죠. 감옥에 있을 때도 책만 넣어달라고 했어요. 석방된 후 도서출판 한길사에서 J. A. 슘페터의 〈10대 경제학자〉, 시오노 나나미의 〈바다의 도시 이야기·상 〉, 〈바다의 도시 이야기·하〉 그리고 홉스봄의 명저 〈혁명의 시대〉, 〈자본의 시대〉 등을 번역하여 출판하기도 했지요.

　하루는 힘들게 이 땅을 살다간 남편이 저 하늘나라에서 지금의 나를 보면 얼마나 한심하게 생각할까 하는 생각에 이르자 공부를 해야겠다는 용기가 생기더라고요. 그래서 겁도 없이 달려든 것이 한의학 공부였어요. 어떤 사람은 나의 한의학 공부를 '제2 인생의 시작'이라고도 하는데 그런 것은 아니에요. 그저 도저히 가만히 있을 수만은 없어 시작했다는 말이 차라리 옳을 거예요. 아마 한의학 공부과정이 그렇게 어려운 줄 알았다면 시작하지도 않았을 겁니다."

　배 : "공부하시는데 어려움이 많으셨군요."

　박 : "물론이죠. 저의 영어실력으로 서양의학의 수많은 의학용어와 사백 개가 넘는 침놓을 자리와 약 처방, 약초 이름 등을 외우는 것이 정말 쉬운 일이 아니었어요. 한문에 관해서는

어느 정도 자신이 있었기에 한의학이 쉽게 되리라 생각했던 것이 저의 큰 오산이었죠. 40년대 생으로부터 80년대 생에까지 이르는 뒤섞인 학생들을 경쟁자로 한 교실에서 공부했으며, 잘 되지도 않는 공부를 하겠다고 책상 앞에 앉아있는 제 자신이 가엽고 너무 안쓰러워 제 머리를 두 손으로 감싸 안고 소리 없이 운 적도 한 두 번이 아니었습니다. 많은 숙제와 주말마다 치룬 시험들, 4년 동안 비어 놓은 서울 집엔 한번 가보지도 못하고, 이젠 그만하고 편안하게 살자고 몇 번이나 다짐해봤으나 마음이 허락지 않아 눈물도 많이 흘렸고 울다가보니 남편 생각이 간절해 더욱 슬프게 울었지요. 졸업시험과 국가자격증 시험에는 시체해부 점수가 필수이어서 U.C. 얼바인 의대 시체실에서 있었던 현장학습은 정말 싫고 기억조차 하고 싶지 않은 일입니다."

배 : "한의과 대학을 졸업하실 수 있었던 가장 큰 힘은 무엇입니까?"

박 : "세 아들과 세 며느리의 한결 같은 응원이 나에게 가장 큰 힘이 되었습니다. 그리고 한의과 대학에서 함께 공부했던 막내아들은 내가 힘들 때마다 '힘든 오르막길을 참고 견디기만 하면 곧 쉬운 내리막길이 나온다.' 고 말해줘 그 격려 또한 큰 힘이 되었습니다.

나이 든 사람이 공부를 한다고 야단을 떨다보니 주변의 많은 사람들로부터 도움도 많이 받았습니다. 대학의 총장, 학장님을 비롯하여 모든 교수들, 심지어 함께 공부하는 학생들까지도 내가 지쳐 주저앉으면 자신들이 하던 공부를 멈추면서까지

내게 손 내밀어 일으켜 세워주었습니다. 나는 공부하면서 학문적인 지식도 많이 쌓았지만 사람에 대한 신뢰와 사랑을 더 많이 쌓은 것 같아 마음이 더욱 넓어진 기분입니다. 2003년 졸업식에서 우리 모자는 개교 이래 처음으로 모자 졸업 1호의 영광을 안았고, 부총장 상을 타러 단상에 올라선 저는 기쁨과 자신감으로 가슴이 뿌듯했으며 오랜만에 느껴보는 깊은 행복감에 젖을 수 있었습니다."

배 : "라스베가스에는 언제부터 생활하셨습니까?"

박 : "한의대를 졸업하고 자격증 시험만 남겨두었기에 막내아들을 따라 라스베가스에 와서 생활하게 되었습니다. 아들이 운영하는 Sunny Hills Pain Clinic과 Sunrise Pain Clinic을 가끔씩 방문하기도 하고 집 가까이에 있는 섬머린 도서관에서 책을 보기도 합니다."

배 : "막내아들 되시는 정용화 척추 신경 원장은 그 외모도 그렇지만 과묵하면서도 대인관계가 원만해 라스베가스 내 꽤 인기 있는 한인 중의 한 사람입니다. 어머니께서 생각하시는 막내는 어떤 아들입니까?"

박 : "글쎄요. 내일 모레 나이 오십이 되겠지만 막내는 언제나 막내입니다. 언제나 걱정되고, 귀엽고, 보고 싶고 그렇죠. 네바다 주 라이센스를 얻고서 한국 한서대학교 교수직을 사표 내고 찰스톤에 첫 병원 문을 열 때는 걱정도 많이 되었지만 주변 많은 분들의 도움으로 빨리 적응했던 것 같고 지금 현재도 즐거움으로 병원을 운영하는 것 같아 모든 것이 고맙고 대견하기까지 합니다."

배 : "앞서 인혁당 사건과 관련해 대담을 하는 중에 화제를 바꿀 것을 제안하셔서 중단했습니다만 실례를 무릅쓰고 한 가지 더 여쭙고자 합니다. 지금 이 시간 한국 정부에 하고 싶은 말씀이라도 계신지요?"

박 : "뒤늦게 한국정부의 법무부 검찰총장으로부터 '귀하는 국가에 이바지한 공로가 크고······복권을 선언···' 라는 내용의 패를 받긴 하였으나 흘러간 시간과 고통의 세월은 누구에게도 보상 받을 수 없는 나의 운명으로 받아들이고 있습니다. 그리고 타계한 남편을 생각하면 격동의 시대가 아닌 격랑의 시대를 살다 갔다는 생각이 듭니다. 사실 가장 힘들었던 것은 남편의 구속사건이 아니라 그것과 연결되어 자식들이 자신이 하고자 하는 일을 연좌제에 묶여 그 꿈이 좌절될 때였습니다. 큰 아들은 국가기관 산업인 원자력 발전소에 우수한 성적으로 시험을 치고서도 아버지의 과거 기록 때문에 취직이 안 됐고 막내아들 역시 공군학사장교시험에 붙었어나 연좌제로 장교가 될 수 없음에 실망할 때 이를 지켜보는 부모의 마음은 세상 그 어떤 상항보다도 더 가슴 찢어지는 일이었습니다. 그러나 그런 이유 등으로 미국으로 이민 와 지금 잘 살고 있는 것을 보면 '세옹지마' 라는 단어가 생생히 생각나기도 합니다.

저도 이제 의술을 공부한다고 하면서 제 마음에 화를 품고 살아서는 안 되겠죠. 얼마 전 인혁당 사건 피해자들에게 국가가 몇 백억 원의 보상금을 지급하라는 법원 판결이 났다고는 하지만 그것이 명예에 대한 회복은 될지 몰라도 삶에 대한 보상은 결코 될 수 없겠죠."

라스베가스에서 내가 만난 한인들 93

배 : "선생님께서는 지금도 한의과 대학 대학원 박사과정의 논문을 쓰고 계시는 것으로 알고 있습니다. 박사논문의 내용은 어떤 것인지 말씀해주실 수 있겠습니까?"

박 : "논문 주제는 '중풍의 전조증'에 대한 연구인데 중국의 한의학(중의학 이라 함)의 근본사상은 '이미 발생한 병은 치료하지 않고, 병이 발생하기 전에 미리 치료해야 한다.'는 예방치료를 대단히 중요시 하고 있습니다. '산에 비가 오려고 하면 반드시 바람이 누대에 가득하다.' 라는 말이 있는데 이 역시 비가 오기 전에 누대의 안전상태를 잘 점검해 놓아야 한다는 말입니다. 중풍으로 쓰러져 기동이 어려워 본인뿐만 아니라 주변사람들까지 불행하게 하는 경우를 우리는 수없이 봅니다. 중풍도 사전에 예방만 잘하면 어느 정도 중풍으로부터 벗어날 수 있다는 확신이 있기에 '중풍 전조증'에 관해 연구를 계속하고 있는 것입니다."

배 : "서두에 사범대학을 졸업하고 1급 정교사 자격증을 가지고 있음에도 서울 학생들이 자신의 경상도 사투리에 웃을 것이 두려워 교단에도 못 섰던 한 소심한 여성이 격동의 시간을 지내오면서 칠순 나이에 미국에 있는 한의과 대학을 졸업하고, 한의사 자격증을 따고 이제 또 박사논문에 열중하고 계신 모습을 보며 끝없는 도전과 그 열정에 경의를 표합니다. 이제 끝으로 가족들을 소개해 주십시오."

박 : "LA에는 건설 회사를 운영하는 큰아들과 며느리와 손자 둘이 있고, 한국에는 한신대 경제학과 교수인 둘째아들과 며느리와 손자 둘이 있고, 라스베가스에는 앞서 말씀드린 나의 학

문적 동반자이며 친구인 막내아들과 며느리 그렇게 살고 있습
니다.”

　배 : “오늘 너무나도 소중한 이야기들을 아낌없이 해주서서
대단히 감사합니다. 의학계가 깜짝 놀랄 훌륭한 박사논문을 쓰
시게 될 것을 기대합니다. 건강하십시오.”

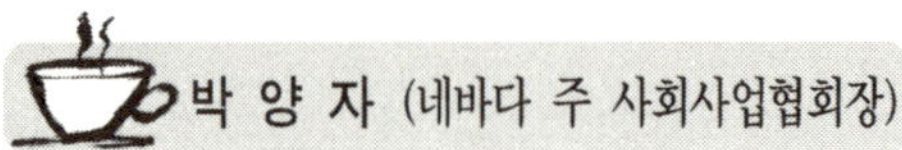
박 양 자 (네바다 주 사회사업협회장)

"사회사업은 사업이 아닙니다
온 몸을 던지는 희생입니다"

배상환 원장(이하 '배') : "안녕하십니까?

지난 8월 7일 발표된 지역 신문을 통해 박양자 박사님께서 2009-2010년 네바다 주 '사회사업협회(N.A.S.W)' 회장에 선임되신 것을 알고 무척 반갑고 기뻤습니다. 박 박사님과 저는 5년 전 쯤 라스베가스 경로대학에서 처음 만났었고 그리고 제가 한동안 한글신문 라스베가스 타임스의 편집장으로 일할 당시 자문위원으로 계시면서 신문 편집에 많은 도움을 주시기도 하셨습니다. 또 오스카 굿맨 현 라스베가스 시장이 주최한 후원회 밤에서 시장과 우리가 함께 사진을 찍었던 기억도 납니다. 그 후 오랫동안 뵙지 못하다가 오늘 〈L&K 초대석〉에 모시고 말씀을 듣게 된 것을 대단히 기쁘게 생각합니다."

박양자 박사(이하 '박') : "배 선생님 정말 오랜만에 뵙네요. 배 선생님께서 라스베가스 한인들의 정서를 위해 수고하시는 것을 유심히 지켜보고 있습니다. 감사합니다."

　배 : "먼저 이번에 회장을 맡으신 네바다 주 '사회사업협회 (N.A.S.W)'는 어떤 단체인지 소개 좀 해주십시오."

　박 : "사회사업협회(The National Association Social Workers Inc)는 미국 내 각 주마다 조직되어 있는 단체입니다. 단체의 목적은 인간의 삶의 질(Quality of Life)을 높이는데 있죠.

　사회사업협회의 활동 영역은 대단히 넓습니다. 저처럼 정신과에서 정신병을 치료하는 사람도 있고, 사회보장기관에서 빈곤한 사람들에게 기본적인 생활비, 의료비 등을 지원하는 일을 하는 사람들도 있고, 국회나 정부기관에서 법을 만드는 사람들도 있고, 학교에서 학생들을 돕는 School Social Worker 등도 있습니다."

　배 : "회장 직을 맡으시면서 계획들도 많으실 것으로 생각됩니다."

　박 : "가장 중요한 일은 현재 활동하고 있는 사회사업가들이 일하는데 어려움이 무엇인지를 파악하고 그것을 해소하는 일에 힘쓰려고 합니다. 우리 사회에는 보이지 않는 곳에서 이름도 없이 다른 사람의 삶의 질을 높이는 일에 애쓰고 있는 사람들이 수없이 많습니다. 그분들 덕분에 우리가 현재의 삶을 누리고 살고 있는 거죠."

　배 : "이제 본인에 대해 간략히 소개 좀 해주십시오."

　박 : "저는 1944년 부산에서 출생했습니다. 부산 남일초등학교와 부산 여중, 여고를 졸업하였고 이화여대 사회사업학과를 3년 공부한 후 미국으로 유학 왔습니다. 미국 North Carolina

에 있는 Methodist College에서 학사를 마쳤고, University of North Carolina- Chapel Hill에서 석사학위를 받았고, 박사학위는 미네소타 주에 있는Walden University에서 심리학 전공으로 받았습니다. 1979년에 공군 장교로 입대하여 23년간 근무하다 1992년 라스베가에서 제대했고 U.N.L.V 교수로 있다가 네바다 주정부의 요청으로 'Nevada Desert Willow Treatment(네바다 청소년 아동 정신병원)' 병원장으로 5년간 근무했습니다. 지금은 'Las Vegas Mental Health Associates'를 오픈해 정신과 외래 환자들을 돌보고 있습니다."

배 : "자신에 관해 짧게 소개해 주셨지만 말씀 가운데에서 열정적인 삶을 살고 계심을 느낄 수 있었습니다. 박사님의 여학교 시절은 어떠하셨습니까?"

박 : "제 나이 6살 때 6.25 한국전쟁이 일어났고 고등학교 2학년 때 4.19가 일어나는 등 저의 어린시절은 혼란스런 사회 분위기 속에서 보냈습니다. 그러나 비교적 활달한 성격을 가진 탓인지 남들 앞에서 일하는 것을 크게 주저하지는 않았던 것 같습니다. 여중 때는 운영위원회 부회장을 했고, 여고 때는 대대장을 했고, 교회 학생회 일도 많이 했고, 특히 당시에는 경제적으로 어려운 사람들이 워낙 많아 비교적 부유한 가정에서 생활했던 저는 이웃에 나누는 일에도 열심히 했던 것 같아요. 뭘 알고 한 일은 아니었지만 그 땐 그런 생활이 즐거웠어요."

배 : "여중 때 부회장, 여고 때 학교 대대장 등을 하신 것을 보면 후일 군인으로 사신 것이 운명 같다는 생각이 들기도 합니다. 본인의 성격이 군인에 잘 맞는다고 생각하십니까?"

박 : "글쎄요? 자유로운 것도 좋지만 원칙적인 것을 좋아하는 성격이기에 군인체질이라고 볼 수도 있겠네요. 그러나 23년간 미 공군 장교생활을 하면서 동양 여인의 체질적 한계에 대해 많이 느끼기도 했습니다. 장교는 M-9 이라는 권총을 몸에 지녀야 하는데 그것 면허증 받느라고 고생도 많이 했고요 처음엔 경례할 때 제 왼손이 먼저 올라가서 상관들을 웃기기도 했죠. 그러나 대부분의 한국가정이 그렇듯 엄격한 가정교육 아래에서 자랐기에 규칙적인 군인생활을 하는 데는 큰 어려움이 없었습니다."

배 : "사회사업학과를 선택하신 특별한 이유라도 있으셨는지요?"

박 : "앞서 말씀 드렸듯이 당시의 한국사회는 6.25 등으로 인해 극도로 혼란스러웠고 빈부의 격차는 컸고, 피난민들의 어려움과 그들의 하루하루의 삶은 말할 수 없이 비참했죠. 당시 제 집에는 저와 동갑내기인 식모아이가 있었는데 나는 학교에 가지만 그 아이는 부엌에서 일을 하고 내 심부름을 하는 것을 보면서 인간의 평등과 자유가 매우 중요하다는 것을 느꼈어요.

그런 도중에 제 큰 언니가 이화여대 사회사업학과를 졸업하고 적십자, YMCA, YWCA 등에서 일하는 것을 보면서 많은 감동을 받았죠. 언니의 교수님들과도 의논해서 사회사업학과를 선택했죠."

배 : "그래서 이화여대에 진학했다가 졸업 1년을 남기고 미국으로 유학을 떠나셨군요."

박 : "미국에 와서 사회사업학 공부는 해야겠는데 영어 실력

도 짧고 공부가 너무 어려워 교수님들의 강의를 알아듣기가 힘들었어요. 그래서 우선 숫자를 많이 쓰는 회계학을 2년가량 공부하고 나니까 영어도 제대로 되고, 학교생활도 적응할 수 있었으며 영어로 논문도 써서 제출할 수 있었어요. 당시 North Carolina 대학엔 한국학생이 남학생 8명, 여학생 2명 등 모두 10명뿐이었어요. 고생도 많이 했어요, 인종차별 같은 것도 많이 받았고요. 그러나 그러한 시련들이 나중에 제가 사회생활을 하는데 큰 도움이 되었어요."

배 : "공군에 입대하시게 된 동기는 무엇입니까?"

박 : "공부를 마치고 한 아동 치료소에서 소장으로 근무하고 있을 때 환자 치료를 위해 자주 방문하는 미 공군 의사 한 사람이 하루는 공군에서 한국의 오산기지에 정신과를 세울 Clinical Social Worker를 찾고 있다고 하더군요. 그래서 유학 후 한번도 한국을 못 간 저이기에 갑자기 한국의 식구들도 보고 싶고, 친구들도 보고 싶고, 한국의 붉은 단풍도 보고 싶고, 그래서 즉시 지원하여 오산으로 발령 받았죠. 오산기지에 정신과를 세운 것이 제 공군생활의 시작이 되었습니다."

배 : "한국 근무는 얼마동안 하셨는지요?"

박 : "한국근무는 두 번 모두 오산 공군기지에서 했습니다. 1979~1980년, 1991~1992년 이었습니다."

배 : "미 공군 장교의 입장에서 바라본 당시의 한국 사회는 어떠했습니까?"

박 : "오산기지가 논과 밭 한 가운데 세워져 있는 것에 놀랐습니다. 당시 부대 안팎의 의료 환경이란 매우 나빴습니다. 열

악한 지역 보건소와 힘을 합쳐 의료 환경 개선에 정말 열심히 노력했습니다. 내 나라이기에 세계 각국 어느 지역에서의 근무보다도 더 열심히 일을 했습니다. 하도 바빠 부산 고향 집 방문도 어려웠어요. 식구들과 친구들이 오산에 와서 저를 만났는데 오산기지의 그 분위기를 보고 모두 저를 불쌍히 생각하며 울면서 돌아갔습니다. 마음 아픈 일이었죠. 그러나 하는 수 없었어요. 그것이 저의 일 이었으니까요."

배 : "공군 복무 23년 중 인상적인 근무지가 있다면 소개해 주십시오."

박 : "저는 독일, 영국, 파나마 등에서 근무하면서 그 나라의 사회보장제도와 정신과 경영 등을 배웠죠. 제가 영국 캠브리치 대학 부근에 살 때는 한국말로 예배드릴 곳이 없다는 것을 알고 '한국 사랑의 교회' 를 공군부대 Chapel 에다 세웠죠. 유학 오신 목사님을 모시고 예배를 드렸죠.

1987년 아직 '철의 장막' 속에 있던 소련을 방문했죠. 공산주의가 어떤 것이라는 것을 어릴 때 6.25를 통해 어렴풋이 알고는 있었지만 그 자유를 빼앗긴 숨 막히는 생활을 보면서 자유인으로 산다는 것이 얼마나 행복한가를 다시 한 번 느꼈습니다. 미국 시민으로 산다는 것 그것은 참 큰 축복이었습니다."

배 : "라스베가스 넬리스 공군기지에서는 어떤 직책을 맡고 계셨는지요? 또 퇴직 후 어떻게 라스베가스에 계속 머무시게 되셨는지요?"

박 : "라스베가스 넬리스 공군작전사령부에서 행동과학사령관으로 근무할 당시 집은 Yorktown, Virginia에 있었죠. 왜냐하

면 퇴직하고 그곳에 가서 살 생각이었으니까요.

그런데 넬리스 공군기지에 3년 근무하는 동안 라스베가스와 이곳 주립대학인 UNLV를 알게 되었고 제대 후 UNLV 대학과 대학원에서 학생들을 가르치게 되었죠.

또 얼마 후 네바다 청소년 아동 정신병원(Nevada Desert Willow Treatment Center) 원장을 지내면서 네바다 주 법과 행정 등을 더 알게 되었죠.

라스베가스에서는 한국음식을 언제나 먹을 수 있어 좋아요. 특히 부산 출신인 제가 좋아하는 해산물을 쉽게 먹을 수 있어 이곳에 사는 것이 너무 좋습니다."

배 : "오랜 군인 생활 후에 시작한 대학교수 생활은 어떠하셨습니까?"

박 : "패기와 규율에 익숙한 군인과 자율과 창의를 중요시하는 대학생과는 차이가 있는 것은 사실입니다. 그러나 젊은이들과 함께 지낼 수 있다는 것은 그것만으로도 큰 축복입니다. 캠퍼스 안에서 자유롭게 생활하는 학생들을 보며 오직 공부에만 매달려 보냈던 저의 대학시절이 후회가 되기도 했었죠."

배 : "조금 전에 말씀하신 네바다 청소년 아동 정신병원은 어떤 곳입니까?"

박 : "네바다 주 정부에서 운영하는 병원입니다. 그러므로 원장으로 근무한 저는 네바다 주 공무원이었고요. 당시 직급으로 따져보니 네바다에서 네 번째로 직급이 높은 자리였어요. 이 병원은 58명의 환자를 수용할 수 있으며, 정신과 의사, 간호원, 행정직원, 수위 등 직원이 거의 110~120명에 이릅니다. 한 해

예산은 1,700만 달러 정도이고. 정신분열증, bi-polar(쌍극성 장애), 우울증, 정서불안 등의 아동, 청소년 환자들이 생활하며 치료를 받는 곳 입니다.”

배 : “행복한 사람은 자신이 하고 싶은 일을 하면서 사는 사람이라고 합니다. 사회사업을 통해 이웃에 봉사하는 삶을 살겠다는 어릴 때의 결심을 평생 동안 실천하고 계시는 박사님의 강한 의지와 귀한 노력에 감사와 존경의 마음을 전합니다.

소녀시절의 꿈을 평생 동안 실천하며 살 수 있었던 그 힘의 원천은 무엇이라고 생각하십니까?”

박 : “제가 지금처럼 살 수 있었던 것은 저 자신의 노력이라기보다는 주위의 좋은 분들이 저를 이렇게 이끌어 주셨기 때문이라고 말씀드리고 싶습니다. 부모님, 친구들, 선생님들, 그리고 제 주위에 계신 대부분의 이웃들이 평등과 자유를 사랑하시는 분들이었기에 가능했다고 봅니다.

대학 때부터 관심을 갖고 시작한 사회사업을 이제 40년쯤 하고 나니 어려운 이웃에게 어떻게 하는 것이 돕는 일이라는 것을 어렴풋이 알 것 같기도 합니다.“

배 : “혹 젊은 그 누군가가 사회사업을 평생의 업으로 삼고 싶다고 할 때 그에게 해 주고 싶으신 말씀이 있으시다면?”

박 : “사회사업은 사업이 아닙니다. 자신의 온 몸을 던지는 희생입니다. 남을 돕고 싶다는 마음만 가지고 사회사업을 시작하는 것은 때로는 위험합니다. 왜냐하면 그 과정에서 본인이 감당해야 할 희생이 너무 많기 때문입니다. 빌 게이츠나 타이거 우즈 등은 사회사업가는 아니지만 큰 규모의 사회사업을 잘

감당하고 있죠. 그것도 참으로 귀한 일이죠. 만일 그 누가 돈을 벌기 위해 사회사업을 선택했다면 그는 다시 한번 고려해봐야 합니다."

배 : "지금까지 살아오시면서 가장 행복했던 순간은 어떤 것입니까?"

박 : "제가 가슴 뭉클하게 행복했던 순간은 1996년 제가 공부했던 University of North Carolina Chapel Hill, 사회사업학과로부터 수천 명의 동문 가운데 제가 '올 해의 동문상' 에 뽑혀 대학원 졸업식에서 'It begins with me' 라는 제목의 연설을 했던 일입니다.

그 순간 '아, 잘 살았구나!' 하는 생각을 했습니다.

또 하나는 제가 모 미국 공군기지를 방문했을 때 정문을 지키던 한 민간인 헌병이 저를 보는 순간 "You Are My Angel !" 라고 말해 나를 놀라게 한 적이 있습니다. 자세히 보니 그 헌병은 현역 당시 제가 치료를 해 드린 사람이었어요. 그 때 그 치료를 받지 않았다면 아마도 자기는 감옥에 가 있었을 것이라며, 20년이라는 세월이 지났음에도 잊지 않고 반겨주는 것을 보면서 저는 혼자서 "I made a difference" 라고 말하며 사회사업자가 느끼는 행복감을 느낄 수 있었습니다."

배 : "박사님 곁에는 언제나 멋진 남성이 박사님을 보호하고 계심을 봅니다. 남편은 어떤 분이신지 소개 좀 해주십시오."

박 : "제 남편의 이름은 Chuck Crabb 입니다. 미국 공군 대령으로 퇴직하였는데 현역에 있을 때는 기지사령관과 U-2 와 B-52를 타는 파이롯트 이었어요. 한국음식을 모두 좋아하는데

특히 된장찌개와 생선찌개를 좋아해 제가 더 깊은 사랑을 느끼고 있습니다."

배 : "이제 끝으로 박사님의 앞으로 계획에 대해 말씀 좀 해 주십시오."

박 : "지난해에 개인적으로 오픈한 'Las Vegas Mental Health Associates'를 통해 정신적으로 어려움을 겪고 있는 사람들을 돌보고 있으며, 또 지난 8월 1일자로 네바다 대법원에서 'The Foreclosure Mediation' 프로그램을 시작하였는데 저는 100인 조정자(Mediators) 중 한 사람으로 Foreclosure 처지에 있는 사람이 Lender와의 대화를 통해 집을 빼앗기지 않고 가질 수 있도록 하는 일에 힘쓸 계획입니다."

배 : "라스베가스 한인 가운데 박사님과 같이 주류사회에서 활발히 활동하는 분이 있다는 사실이 참으로 우리의 마음을 든든하게 합니다. 바쁘신 중에도 시간을 내 주시고 귀한 말씀까지 해 주셔서 대단히 감사합니다. 앞으로 박사님을 닮은 많은 한인 사회사업가들이 나와 모든 사회가 보다 행복한 사회가 될 것을 함께 기대해 봅니다. 다시 한번 감사드립니다."

김 택 수 (원로 산부인과전문의)

소진(燒盡)의 삶

배상환 원장(이하 '배') : "지난 3월부터 시작된 〈L&K 초대석〉은 지난 호까지 우리 지역에 계신 의사, 작곡가, 군인, 사회봉사자, 교육자, 화가, 목사, 여행가, 한의사, 사회사업학자 등의 전문인 열 분을 모시고 말씀을 듣는 기회를 가졌습니다. 그런데 오늘은 아주 특별한 분을 모시고 대담을 진행하게 되어 저로서는 대단히 설레고 흥분된 기분으로 이 자리에 앉았습니다.

이 분은 신이 자신에게 준 모든 가능성과 에너지를 조금도 남김없이 이 땅에 다 사용하고 떠나기 위해 칠순이 넘은 오늘까지도 끝없는 자기 계발과 보다 높은 가치의 삶을 실현하기 위해 혼신을 다해 사시는 분으로 저는 이 분을 생각할 때마다 저의 부족한 한자실력이지만 '불사를 소(燒)', '다할 진(盡)' '소진(燒盡)'이라는 단어를 생각합니다.

또한 이 분은 원로 산부인과 전문의이시며, 클래식 CD 350

여장을 소장하시고 언제나 음악 속에서 생활하시는 음악애호가이시며, 1991년 제1차 이라크 전쟁당시 한국인으로선 유일하게 참전한 군의관 미 육군대령(예편) 이시며, 이미 수차례 사진공모전에 입상하신 사진작가이시고, 기회가 있을 때마다 자연의 아름다움을 담기 위해 카메라를 들고 어디든 떠나는 여행가이시며, 신을 전적으로 의지하는 신앙인이시며, 자기 입맛에 꼭 맞는 맛을 찾기 위해 계속 노력하는 요리사이시며, 시를 쓰시고, 골프를 치시는 삶의 순간순간에 자신의 모든 것을 거는 정말 불같은 인생을 사시는 분이십니다. 김 박사님, 오늘 모시게 된 것을 대단히 영광으로 생각합니다.”

김택수 박사(이하 ‘김’) : “배 원장님 반갑습니다. 과찬의 말씀 감사합니다만 좀 민망스럽군요. 제가 늘 존경해온 배 원장과 대담을 하게 되서 매우 즐겁고, 제게 이런 기회를 주신 것을 감사드립니다.”

배 : “먼저 박사님 자신에 대해 간략히 소개 좀 해주십시오.”

김 : “1937년 경기도 파주에서 태어났으며 1963년 서울의대를 졸업한 후 해군 군의관으로 3년 복무했고, 1966년 도미하여 인턴과 산부인과 레지던트를 루이빌 대학병원에서 마쳤고, 전문의 시험에 합격한 후 산부인과를 개업하여 25여년간 캔터키와 미시건에서 일 했습니다.

전문의가 된 후 미 육군 예비군에 지원하여 대령까지 진급했고 4년 전 라스베가스로 이사와 현재 아내(이희연 이화여대 의과대학 졸, 마취과)와 섬머린에서 살고 있습니다.”

배 : “앞서 포괄적으로 제가 박사님의 다양한 활동 분야를

언급했습니다만 이제 그 활동 하나하나에 대해 여쭙겠습니다.

박사님께서는 어떤 어린시절을 보내셨기에 오늘과 같은 적극적이고도 열정적인 삶을 사시게 되셨는지요? 어린시절, 학창시절에 대해 말씀 좀 해주십시오.”

김 : “나는 자랑스럽게 나의 어려웠던 유년 시대를 얘기합니다. 아마 수백 번도 더 얘기했을지 모릅니다. 6.25 한국전쟁이 일어나던 해에 나는 경기중학교 일학년에 입학했었습니다. 그런데 제 부친께서 공산당원들에게 납치당해 가서서 부모님의 도움 없이 제 혼자 힘으로 중학교, 고등학교, 대학교를 모두 마치게 되었습니다. 어렵게 들어갔던 경기중학을 못 다니고 천주교계통의 동성중학을 장학금으로 졸업했고 보성고등학교는 학교매점을 운영하면서 졸업할 수 있었고, 서울의대에 입학해서는 장학금과 가정교사를 하면서 기한 내 졸업할 수 있었습니다. 얼마나 어려웠던 세월이었나를 생각하면 가슴 아프지만, ‘참 장하다’ 라고 제 스스로를 칭찬하곤 합니다. 내 노력은 내 일이라 치더라도 자비하신 하느님의 은총이 없었다면 결코 가능하지 않은 일이었습니다.”

배 : “의과대학 진학은 어떻게 결정하셨으며, 또 산부인과를 선택하시게 된 동기는 무엇입니까?”

김 : “남의 고통을 덜어줄 수 있으면서 경제적 안정을 유지할 수 있고 오직 내 자신의 노력과 능력만으로도 최고의 수준에 도달할 수 있는 직업이 의사라고 생각되었기 때문입니다.

산과는 태어나는 아기를 받으면 되니까 대부분 ‘Happy ending’ 이라서 좋고 부인과는 수술이 그리 광범위하지 않기 때문에 적성에 맞았던 것 같습니다."

　배 : "미국은 언제, 어떤 연유로 오시게 되셨는지요?"

　김 : "1966년경에는 미국에 의사가 모자라 쉽게 올 수 있었습니다.

　어느 미국사람이 제게 꼭 같은 질문을 한 적이 있어 "나는 Mayflower를 타고 온 당신들의 조상과 똑 같은 이유로 미국에 왔다." 라고 대답한 적이 있습니다."

　배 : "제게는 미국에 오셔서 미 육군 장교로 근무하셨다는 경력이 매우 특이하게 느껴집니다. 물론 군의관이셨을 텐데 얼마동안 군 생활을 하셨습니까?"

　김 : "산부인과 전문의가 된 후 입대했기 때문에 소령으로 임관하여 대령으로 퇴역 할 때까지 11년간 근무했습니다.

　현제 미국 군대는 완전 지원제입니다. 예비군도 물론 지원제이지요. 평소에는 한 달에 한 주말과 그리고 일 년에 두 주간을 군부대에 가서 훈련을 받아야 됩니다. 물론 군의관은 의사로서의 일을 하는 것이 전부입니다."

　배 : "혹, 전투에도 직접 참전하신 적이 있으신지요?"

　김 : "1990년 제1차 이라크 전쟁이 발발하자 예비군(Reserve)이었던 제가 activate 되어 제일선에 참전했습니다. 상비군의 군의관 수가 워낙 부족함으로 유사시 예비군 군의관이 전쟁엘 먼저 가게 되더군요.

　MASH(Mobile Army Surgical Hospital)의 일원으로 최전방에 배치됐었습니다. 미 제1기갑사단(tank)을 지원하는 임무를 띠고 이라크 국경에서 26miles 되는 지점(사우디)에 주둔하다가 지상전이 시작되자 멀리 들리는 포성을 따라 우리 MASH는 이라 크로 진군했습니다. 밤낮으로 닷새 동안 전진한 후 야전병원을 설치하고 부상자를 치료하기 시작했는데 환자의 대부분은 포로들이었습니다. 산부인과인 나는 별로 할 일이 없었습니다. Scud 의 공격을 한번 받았으나 무사했습니다."

배 : "한국 해군에서는 대위로 전역하셨고 미국 육군에서는 대령으로 전역하셨는데 다소 막연한 질문입니다만, 두 나라 군대의 차이점에 대해 말씀해 주실 수 있겠습니까?"

김 : "인권의 문제입니다. 미군에서는 구타하는 것을 본 적이 없습니다. 내가 한국 진해기지 의무실에 근무할 때는 엉덩이가 퍼렇게 멍든 장교 후보생들을 많이 봤습니다. 아무도 누구를 구타할 권리가 없는 것은 물론이거니와 혹 그렇게 했을 경우 가해자가 위법행위로 벌을 받게 되는 것이 미국의 법입니다. 계급은 상급자가 하급자에게 군림하기 위해 있는 것이 아니라 임무의 경중과 역할을 나타낼 뿐 입니다.

그리고 미국 군에는 지역감정이 별로 없습니다. 우리 MASH 에 군의관이 18명이었는데 나처럼 다른 나라에서 태어나 이민 온 사람이 절반을 넘었습니다. 각자의 배후나 배경이 중요한 것이 아니라 목적이 중요한 것이죠. 즉, 미국(USA)을 위해 하나가 되어 싸우는 것이죠. 이렇게 다수의 민족으로 구성된 군대이지만 세계 최강의 군대인 것은 그 목표를 확실히 지키고 있으며 개인의 능력을 중요시하고 있기 때문이라고 봅니다."

배 : "이제 박사님의 사진 작업과 관련해 말씀을 들었으면 합니다. 사진은 어떻게 시작하시게 되었습니까?"

김 : "사진이란 우리의 오감(五感) 중 시각(視覺)을 통한 미
(美)의 추구입니다.

사진은 미국에 와서 시작했습니다. 경제적으로 가능해졌기
때문이었습니다. 美란 자신이 발견하는 것이지 만들어 내는 것
은 아니란 생각이 듭니다.

이라크 전쟁에 갈 때도 사진기와 film을 갖고 갔었습니다.
30여rolls를 찍어 와서 전시회를 갖기도 했지요."

배 : "사진 공모전에 출품하셔서 상도 받으셨다고 들었습니
다."

김 : "전국 규모로는 모 제약회사가 주관하는 대회(약 1,200
작품이 출품)에서 가작으로 입상을 한번 했고 작은 대회에서는
여러 번 상을 탄 적이 있습니다."

배 : "사진의 매력은 무엇입니까?"

김 : "그림을 그리는 것처럼 시간이 많이 걸리지 않는다는
장점이 있습니다. 대신 있는 그대로를 받아 들여야 하는 단점
도 있지요. 주어진 조건은 똑 같지만 어느 각도, 어느 방향이
냐에 따라 결과가 달라지는데 그 가장 효과적인 것을 찾아내는
것이 사진의 진수(眞髓)라 할 수 있을 것 입니다, 현대는 모든
사진을 Digital로 하기 때문에 즉시 볼 수 있고 Computer로 합
성이 가능하기 때문에 무한한 변화를 함께 표현해 낼 수 있어
좋습니다."

배 : "한국의 교육제도에 관해서도 많은 관심을 갖고 계셔서
지금까지 몇 차례 새로운 제안들을 한국의 교육관련 정책 입안
자들에게 보내신 것으로 알고 있습니다. 최근에 보내신 것의

내용은 어떤 것입니까?"

김 : "얼마 전 교육관련부처 장관께 문익점의 목화씨에 대한 제 의견을 전한 바 있습니다.

우리의 역사 교과서를 보면 문익점은 외국으로부터 목화씨를 붓뚜껑에 숨겨서 들여왔다고 합니다. 남의 물건을 주인의 허가 없이 몰래 가지고 온 것은 분명 도둑질인데 그것을 어찌 어린 학생들에게 자랑스럽게 가르칠 수 있느냐는 내용의 글이었지요. 그 후 의견에 공감하며 시기를 봐서 시정하겠다는 대답을 듣기도 했습니다.

그리고 현재 한글로는 영어의 V와 B, Z와 J, R와 L, TH와 T를 구분할 수 없으니 'ㅍ'자에 점을 찍어 F로 하면 어떻겠느냐는 의견을 관계부처에 보낼 계획에 있습니다."

배 : "오래 전부터 시를 계속해서 쓰고 계시며 가끔씩 지상에도 발표하시는 것으로 알고 있습니다. 쓰신 시 작품 소개와 시 창작 작업의 의미에 대해 말씀해 주십시오."

김 : "나는 내가 쓴 시들이 모두 좋은 시라고 생각지는 않습니다만, 그러나 나름대로 최선을 다해 열심히 쓰고 있습니다. 어떠한 상황에서도 최선의 노력을 다하는 것이 가장 중요하다고 생각하기 때문입니다.

다음은 청소를 하다가 먼지가 날리는 것을 보고 순간적으로 어머니가 그리워 쓴 시 입니다."

어머니

빗자루로 쓸어도 다시 오고

물걸레로 싹싹 훔쳐도
다시 오는 먼지
나와 무슨 인연이 있나보다
돌아가셨을 때 화장되어
재가 되신 우리 어머니
내가 못내 보고 싶으시어
먼지 되어 오시고 또 오시나보다

또 아내를 위해 시 한수 지어 봤습니다.

나의 바램

내 어린 시절엔
십만 대군 호령하는 장군 됨이 내 바램이었고
한 때는 억만장자 됨이 내 바램이었고
또 한 때는 세상 질병 모두 고치는
명의 됨이 바램이었으나
황혼 길에 접어들고 보니
아침 일찍 일어나
향긋한 커피 한잔 따끈히 끓여
아내에게 바칠 수 있음이 내 바램의 전부이외다.

배 : "청소 중에 날리는 먼지를 보고 어머니를 그리워하는 것이야말로 시인의 마음이지요. 박사님께서는 의술, 사진, 음악, 여행, 시, 운동 등등 참으로 많은 부분에 관심을 가지시고 활동하고 계신데 그 가운데 한가지만을 선택해야 한다면 무엇을 선택하시겠습니까? 그리고 그 이유는 무엇입니까?"

김 : "저는 우리가 갖고 있는 오감(五感)은 하느님 혹은 신이 우리 인간에게 베풀어 주신 가장 큰 은총 중의 하나라고 생각합니다. 그러므로 이 오감을 최대로 활용하며 사는 것이 은총에 보답하는 길이라 믿기에 결코 어느 하나 만을 선택하는 일은 제게는 있을 수 없는 일입니다.

시각을 통한 것이 제게는 사진이며, 청각을 통한 것은 클래식음악을 감상하는 것이고, 미각(味覺)을 통한 것은 요리를 하는 것, 등등 이지요. Tiger Woods 만큼 골프를 잘 쳐야만 되는 것이 아니라 내가 할 수 있는 최대의 능력을 발휘하려고 노력하는 것이 중요하다고 봅니다. 저는 매일 아침 6시부터 약 한 시간가량 골프 연습을 합니다."

배 : "서두에 제가 '소진(燒盡)'이라는 단어를 사용했습니다만, 이제 끝으로 인생은 어떻게 사는 것이 가장 행복한 삶이라고 생각하시는지 그것에 대해 말씀해 주십시오."

김 : "나는 얼마 전부터 죽는 연습을 하고 있습니다.

나는 내가 죽는 바로 그 순간 "하느님 감사합니다" 라고 기도하며 죽고 싶은데 그것이 그리 쉽지 않을 것 같아 평소에 그것을 위해 열심히 기도하고 있습니다.

마지막 질문은 제가 쓴 〈오늘〉이라는 시로 답해 드릴까 합니다."

오늘

누구나 이 세상 태어난 날도 오늘이었고
한 평생 살아온 나날들도 오늘들이었고
누구나 이 세상 떠나는 날도 오늘일 텐데

잡힐 듯 잡힐 듯 잡히지 않고
올 듯 올 듯 오지 않는
내일을 잡으려는 어리석음일랑
이젠 그만 접어두고
오늘을 열심히 살아보시구려.

　배 : "박사님의 말씀을 들으면서 계속해서 생각나는 가곡이 하나 있습니다. 이은상 작사 홍난파 작곡의 〈사랑〉이란 곡인데, 그 첫 부분의 가사가 "탈대로 다 타시오 타다 말진 부디 마오" 입니다. 우리의 인생도 장작처럼 모두 다 태울 수 있다면 그것은 분명 행복일 것 같습니다. 오늘 박사님으로부터 큰 삶의 지혜를 배운 것 같아 마음이 부자가 된 기분입니다. 긴 시간 동안 말씀해 주셔서 대단히 감사합니다."

"발레는 몸으로 말하는 이야기입니다"

배상환(이하 '배') : "안녕하십니까?

라스베가스 중심가의 대형 광고판에 네바다 발레시어터의 무용공연 안내와 함께 두 분의 얼굴이 크게 소개되어 있는 것을 볼 때마다 가슴에 벅찬 감동을 느끼곤 했습니다. 지난밤엔 두 분과의 대담을 위해 두 분에 관한 자료를 찾는 중 유투브에 올려져 있는 '지젤' 공연 영상을 보았는데 넘치는 에너지와 완벽한 연기는 참으로 아름다웠습니다.

해외에서 활동하고 있는 한국인 운동선수, 연예인, 예술가들이 그 지역 교민들로부터 크게 관심을 받고 있는 것에 비해 두 분께서는 네바다 무용계가 인정하는 네바다 최고의 무용수임에도 불구하고 우리 교민들이 적극적인 관심을 표명하지 못한 점에 대해 교민의 한 사람으로 대단히 미안하게 생각합니다. 특히 서울문화원이 이 일에 앞장서지 못했음을 사과드립니다."

곽규동(이하 '곽') : "아닙니다. 저희도 지난 10년 동안 현지 적응과 계속되는 공연으로 말미암아 교민들과 많이 소통하지 못한 점을 죄송하게 생각합니다. 앞으론 교민들과의 만남을 위해 적극적으로 노력하겠습니다."

이유미(이하 '이') : "〈L&K 초대석〉을 읽을 때마다 우리 지역에도 이런 훌륭한 어른들이 살고 계시는구나 하며 깊은 감명을 받았는데 오늘 저희 부부가 초대되어 대단히 영광입니다."

배 : "먼저 본인에 대해 간략히 소개 좀 해 주십시오."

곽 : "저는 경북 대구에서 출생하였으며 고등학교를 졸업하자마자 1989년 유니버설 발레단에 입단하여 92년부터 95년까지 수석무용수로 활동했고 1995년부터 1998년까지는 새로 창단된 서울 발레시어터에서 활동하였으며, 1998년부터 이곳 네바다 발레시어터의 수석무용수 겸 무용 코치로 활동하다가 최근 발레단을 나와 현재 '곽 발레 아카데미(Kwak Ballet Academy)'를 아내와 함께 운영하고 있습니다."

이 : "저 역시 1988년부터 1998년까지 유니버설 발레단에서 수석 무용수로 활동하다가 남편을 따라 1999년부터 네바다 발레시어터에서 수석 무용수로 활동하다가 최근 남편과 함께 발레 아카데미를 운영하고 있습니다."

배 : "사실 발레는 그 어떤 예술 분야보다도 일반인들이 다가가기가 쉽지 않은 부분입니다. 그래서 오늘은 두 분의 삶과 활동에 관한 말씀과 더불어 독자들에게 발레에 대한 상식을 넓혀주는 계기가 되었으면 합니다. 먼저 클래식 발레와 현대 무용의 차이는 무엇입니까? 어느 분이 말씀해 주시겠습니까?"

곽 : "발레는 르네상스 시대부터 정형화된 무용으로 음악과 무용, 무대 등 모든 것을 완벽하게 갖추고서 이루어집니다. 스토리에 맞추어서 춤이 진행되므로 몸으로 말하는 이야기라고도 할 수 있겠지요. 무용수들의 스텝, 동선, 시선까지가 모두 안무됩니다. 발레는 토슈즈라는 것을 신고 혹독하게 훈련 받아서 무대에 서지요. 이런 발레에 염증을 느껴 만든 춤이 현대 무용입니다. 내용이나 테크닉보다는 표현에 더 중점을 두고 인간이 움직일 수 있는 모든 움직임을 통해 새로운 미를 창조하는 것이죠."

배 : "일반적으로 한국 내에서 활동하고 있는 무용가들을 보면 국내에서 대학을 마치고 프랑스나 독일 혹은 미국, 러시아 등에서 외국 유학을 마치고 돌아와 한국의 대학 강단이나 전문 발레단에서 활동하는 것이 보통인데 두 분은 특이하게도 고등학교를 졸업하자마자 바로 전문 발레단에 입단하셨고 그리고 또 금방 수석무용가가 되어 주요 작품의 주연을 수 없이 많이 맡아 하셨는데 매우 놀랍게 생각됩니다.

어떠한 동기로 무용을 전공하시게 되었는지, 또 그 중에서도 발레를 전공하시게 되었는지 그것에 대해 말씀 좀 해 주십시오."

이 : "여자 아이들이 발레를 시작한다는 것은 그리 특별한 것은 아니지요. 누구나 한 번쯤 발레리나가 되는 것을 꿈꾸니까요. 저의 시작도 그런 호기심이었지만 무용을 하면 할수록 그 매력에 빠져 오늘 여기까지 왔습니다. 가끔씩 내가 이 좋은 무용을 안 했으면 어떻게 살았을까? 하는 생각을 하며 스스로

놀랍니다.”

　곽 : “저는 중학교 시절 저의 미래를 내다보며 아주 답답한 생각이 들었습니다. 그래서 남들이 잘 안 하는 새로운 장르의 일을 해야겠다고 생각했습니다. 그 선택이 바로 발레였습니다.”

　배 : “어떻게 이 넓은 지구 가운데 라스베가스로 오시게 되었나요?”

　곽 : “제가 1998년에 네바다 발레시어터(당시 이름은 네바다 댄싱시어터)로부터　작품 ‘로미오 와 줄리엣’ 의 ‘로미오’ 역으로 초청 받았습니다. 짧은 연습 기간이었지만 첫날 공연을 마치고 기립박수를 받는 등 아주 반응이 좋았습니다. 발레단 측에서 저에게 입단을 제안해 오고 저 또한 외국 무대에 대한 동경이 있었기에 쉽게 계약이 이뤄질 수 있었습니다.

　처음 1년 정도는 아내는 서울에서 저는 미국에서 따로 활동을 하는 힘든 시기를 지냈습니다. 그래서 아내와 함께 미국에서 활동 할 수 있도록 해 달라고 제가 발레단 단장에게 협박 아닌 협박을 했었지요. 다행히 발레단이 아내를 초청해 주어서 함께 활동 할 수 있었습니다.”

　배 : “지금까지 하셨던 공연 작품의 수와 공연 횟수는 얼마나 됩니까? 그리고 그 중에서 가장 인상적인 공연이 있으시다면 소개 좀 해 주십시오.”

　곽 : “공연 작품 수는 글쎄요? 평균 한 해 7~10편 정도의 작품과 50여 회 정도의 공연을 한 것 같아요. 미국과 한국에서 했던 공연을 다 합치면 상당히 많겠죠. 아마도 공연 횟수는 일천 번도 넘지 않을까 합니다.

특히 기억에 남는 작품은 물론 여러 가지 발레 작품도 있지만 새로운 안무가와 작업하면서 초연하는 작품들이 더욱 기억에 많이 남습니다.

기존의 작품을 새로운 안무가와 작업하는 것은 그 일 자체로도 재미가 있지만 무엇보다 새로운 창작 작품을 공연할 때 그 감격이 더욱 크지요. 예를 들면 발레와 힙합을 접합한 공연도 기억에 남구요. 또 '로데오' 라고 텝 스텝과 발레를 접목시킨 유명한 작품도 기억에 남습니다. 또 이름 있는 안무가와의 작품은 하나하나 모두 다 기억에 남고요. 예를 들면 뉴욕시티 발레단의 창시자이신 '죠지 발란쉰' 의 작품들 그리고 '추상고' 라는 싱가포르 출신의 천제적인 안무가의 작품도 있고요. 현재 샌프란시스코 발레단에서 상임 안무가로 활동 중인 '발 카나파리올리' 라는 분의 작품도 아주 독특하여 제 기억에 남아있습니다."

이 : "앞에서 거의 다 말씀하신 것 같아 제가 특별히 더할 것은 없지만, 미국인들이 1년 중 가장 큰 명절로 여기는 크리스마스에 해마다 빠짐없이 공연되는 것이 '호두까기 인형' 입니다. 저 또한 지난 10년 동안 네바다 발레단은 물론 다른 발레단과도 초청무용수로 초대되어 수도 없이 이 작품을 공연했습니다. 저에게 크리스마스는 곧 호두까기 인형입니다."

배 : "한국 무용계와 아직도 계속해서 관계를 유지하며 한국 공연도 가끔 하고 계신지요?"

곽 : "지금까지 바쁘다는 핑계로 한국 공연은 사실 한국을 떠나온 후 별로 하지 못했습니다.

2002년 '한국을 빛낸 무용스타들' 이라는 타이틀로 제가 가서 공연한 적이 있고요. 2006년 아내와 함께 한국에서 초청공연을 한 적이 있고요. 그 후 '발레 3545' 라는 중견 무용가들이 참가하는 공연에 초청되어 아내와 함께 '로미오와 줄리엣' 을 춤추었죠. 당시 아내와 저의 공연사진이 공연포스터에 사용되었던 것으로 기억됩니다."

배 : "일반적으로 많이 공연되고 있는 클래식 발레 작품의 수는 어느 정도이며 대표적인 작품은 어떤 것들이 있습니까?"

곽 : "대표작을 꼽는다면 '백조의 호수', '잠자는 숲속의 미녀', '지젤', '호두까지 인형', '돈키호테', '코펠리아'… 등등 많이 있지만 대부분의 클래식 발레가 큰 제작비와 그 외에 많은 비용이 들기 때문에 너무 스케일이 큰 작품은 하기가 힘든 것이 현실입니다. 그 때문에 시작된 것이 바로 창작무용, 현대무용, 그리고 소규모의 발레를 대부분의 컴퍼니들이 하고 있지요. 그 때문에 한 해에 할 수 있는 순수 클래식 작품은 두 작품을 넘지 못하는 게 대부분 컴퍼니들의 입장입니다.

다들 잘 아시는 '호두까기 인형' 이라든지 '지젤' 이런 작품은 많이들 하지만 아직 라스베가스에서 4막이 넘는 '백조의 호수' 나 '라바야데르', '레이몬다' 등의 대작 발레는 아직 소개가 된 적이 없습니다. 무용수 인원만도 최소 60명 이상은 되어야 하니까요."

배 : "대부분의 클래식 발레들이 남녀의 사랑을 주제로 하고 있는 것 같습니다. 관객들은 남녀 주인공이 추는 앙상블을 보며 어쩌면 저렇게 호흡이 잘 맞을까? 아마도 부부일거야 라는

생각을 갖기도 합니다. 부부가 함께 춤을 출 때와 아내 아닌 여자 무용수, 남편 아닌 남자 무용수와 출 때의 차이점이 있다면 어떤 것일까요?"

곽 : "많이 틀리죠. 우선 무용이라는 것이 몸으로 하는 연기이니까 아무래도 부부가 같이 호흡을 맞추면 신체 접촉에서 거리낌이 적고 또 세세한 부분까지도 서로 잘 알기 때문에 아무래도 작업을 하는데 완성도도 높고 섬세해 지겠죠. 어떨 때는 너무 잘 알아서 안 좋을 때도 있고요."

이 : "남편은 저보다 훨씬 일찍 주역무용수가 돼서 지금은 한국에서도 내 노라 하는 많은 발레리나들과 춤을 취왔지만, 전 대부분 남편보다 실력이나 경험이 적은 남자무용수와 파트너가 되어 춤을 추다가 나중에 남편과 같이 추게 되니 우리 남편이 과연 수석무용수의 자리에 괜히 있는 게 아니구나 하는 걸 느끼게 되더군요. 여자무용수가 남자가 어떻게 리드해 주느냐에 따라 춤이 굉장히 틀려질 수 있다는 것도 그때 알았습니다.

이젠 다른 사람과 출 일도 없고요."

배 : "10년간 몸 담아왔던 발레단을 떠나 이제 새롭게 후진 양성을 위한 발레 아카데미를 시작하셨는데 그 시작의 의미와 오늘의 진행과정은 어떻습니까?"

곽 : "지난 과거는 안무가, 연출가의 시키는 것만 충실히 하면 됐지만 지금은 하나에서 열까지 모든 일들을 내 스스로 만들어 나가야 하기 때문에 새로운 인생을 사는 기분입니다. 다행히도 저희 부부를 믿고 따라주는 분들도 많이 계시고 지금은

잘 다듬어진 학생들도 꽤 많이 늘어나 대단히 희망적입니다."

　배 : "앞으로의 계획을 좀 더 구체적으로 말씀해 주십시오."

　곽 : "저희 부부는 아직도 젊다고 생각하기에 아직도 꿈이 있습니다. 20년 이상 무대에서 프로무용수로 생활하면서 보고 경험했던 모든 노하우를 바탕으로 저희들만의 발레단을 이곳 라스베가스에서 만들어 키워나갈 계획입니다.

발레단 이름은 '라스베가스 발레 컴퍼니(Las Vegas Ballet Company)'가 될 것이고 세계 어느 무대에 내놓아도 전혀 손색이 없는 그런 훌륭한 발레단으로 성장시킬 것 입니다. 아울러 지금 한창 진로문제로 고민하고 있는 한국의 유망한 젊은 무용수들에게 세계무대로 뻗어 나가는데 필요한 가교 역할을 이 컴퍼니가 담당하게 될 것입니다."

　배 : "주위에 보면 세계적인 무용가를 꿈꾸는 어린이들과 자식을 그렇게 키우고 싶어 하는 부모들이 의외로 많이 있음을 봅니다. 발레의 시작은 어느 때 어떻게 하는 것이 좋은지 그것에 대해 말씀해 주십시오."

　이 : "흔히들 발레는 아주 어린 나이부터 시작하지 않으면 안 된다고 생각해 아직 채 걷기도 힘든 아이에게 시키시려 하시는데, 발레는 굉장히 정형화 된 동작이므로 몸의 많은 근육부분이 무리하게 사용되기도 합니다.

제 생각엔 6살 정도나 그 이후에도 그리 늦은 것은 아니라고 봅니다. 너무 어린 아이들은 지루해 하거나 아프다는 핑계를 대며 흥미를 잃어버리기 때문이죠. 머리회전이 빠른 아이들은 더 늦게 시작해도 금방 따라오는 것을 볼 때 몸으로 하는 운동이지만 어느 정도 학습능력이 뒷받침 되어야 한다고 봅니다."

배 : "두 분은 만일 무용가가 되지 않으셨다면 어떤 사람이 되었을 것으로 생각하십니까?"

이 : "글쎄요. 평범한 주부로 살고 있지 않을까요? 물론 지금도 집에 가면 평범한 주부입니다만"

곽 : "글쎄요. 지금 와서 생각해도 제가 발레를 하지 않았다면 제가 할 수 있는 일은 아무것도 없었을 것 같아요. 뭔가 다른 일을 했어도 그 일 말고는 아무것도 모르는 그런 단순한 사람으로 살고 있겠죠."

배 : "이제 제게 허락된 지면이 거의 다 채워진 것 같습니다. 끝으로 가족을 좀 소개해 주십시오."

곽 & 이 : "춤을 추느라 바빠 아이도 일찍 가지지 못했습니다. 아들 하나 낳고 둘째는 아직 기도만 하고 있습니다. 아빠를 쏙 뺀 일곱 살 세창이도 아마 무용가가 될 것 같은 예감이 듭니다."

배 : "바쁘신 중에도 오늘 이렇게 긴 시간 동안 귀한 말씀을 해 주셔서 대단히 감사합니다. '곽 발레 아카데미'의 발전과 '라스베가스 발레 컴퍼니'의 역사적인 탄생을 기대합니다."

'기쁨을 나누며 살라'는 어머님의 말씀을 항상 기억합니다.

배상환 원장(이하 '배') : "이 목사님 안녕하셨습니까?

불과 며칠 전만해도 낮 기온이 100도가량 올라가더니 10월이 되자마자 기온이 뚝 떨어져 아침저녁으론 제법 쌀쌀한 느낌마저 들곤 합니다. 제가 이 목사님을 처음 뵌 것이 4, 5년 쯤 된 것 같은데, 가끔씩 뵐 때마다 '대단히 건강한 분이시다' '대단히 부지런한 분이시다' '대단히 정의로운 분이시다' 라는 느낌을 계속해서 받곤 했습니다. 오늘 〈L&k 초대석〉이 목사님을 모시고 말씀을 듣게 된 것을 대단히 영광으로 생각합니다."

이춘삼 목사(이하 '이') : "과찬의 말씀입니다. 정의롭고 바르게 살려고 노력은 합니다만, 그것이 그리 잘되지 못해 항상 기도하고 애쓰고 있을 뿐입니다. 배 원장님이 수고하고 계시는 서울문화원과 서울합창단의 발전을 위해서도 늘 기도하고 있습니다."

배 : "감사합니다. 목사님께서는 이제 얼마 지나지 않아 여든이 되시는데도 불구하고 활동하시는 것이나 말씀하실 때의 목소리를 들으면 마치 청년 같다는 느낌을 받습니다. 특별히 건강을 유지하시는 비결이라도 있으신지요?"

이 : "글쎄요, 특별한 건강유지 비결이라는 것이 어디 있을까요? 하나님 허락하신 생명 가운데 기쁘게 살고 있을 뿐입니다. 그리고 항상 남을 기쁘게 하려고 노력하고 있지요."

배 : "먼저 목사님 자신에 대해 간단히 소개 좀 해주십시오."

이 : "1931년 황해도 은률에서 모태신앙으로 출생했으며 그곳에서 고등학교까지 다녔는데 제 형님이 김일성 사진을 찢었다는 이유로 저희 가정이 불온사상가정으로 찍혀 도망 다니는 신세가 되었지요. 결국 형님은 평북 신리 탄광 사상범 수용소 강제노동징역을 6년 받았고요, 저는 산속으로 쫓겨 다니다 구월산 유격대에 들어가 인민군과의 전투에도 참가했고 휴전과 때를 같이 해 월남하여 한국군에 새로 입대하였으며, 제대 후 1961년 총회신학교(후에 캘빈신학교로 교명)를 졸업하고 서울에서 전도사 사역을 하다가 1969년 미국으로 건너와 북가주 몬트레일에서 34년간 목회를 했고 지난 2004년 라스베가스로 이주해 왔습니다."

배 : "말씀은 짧게 하셨지만 말씀 가운데 엄청난 어려움을 겪으셨을 것 같은 예감이 듭니다. 말로만 듣던 구월산 유격대의 실존 인물과 직접 대하고 보니 제가 왠지 조금 긴장되기도 합니다. 구월산 유격대 생활에 대해 좀 더 말씀해 주십시오."

이 : "당시를 생각하려고 하니 감회가 새롭습니다. 사실 그땐

구월산에 호랑이가 있어 한두 번 멀리서 직접 보기도 했으니까요. 낮에는 인민군들의 눈을 피해 산 속에서 생활하다가 밤에 민가로 나와 먹을 것을 구해가기도 했지요. 한 번은 배도 몹시 고프고 어머니가 너무너무 보고 싶어 죽을 각오로 한 밤 중에 집을 찾아왔는데, 대문 옆 개구멍으로 기어들어가는 중에 그만 마른 호박잎들을 건드려 부스럭 큰 소리가 났어요. 그러자 갑자기 총을 가진 두 명의 인민군이 내가 있는 방향으로 총을 겨누며 "누구야? 나오라우" 소리를 지르는 것이었어요. '아이구, 이제 죽었구나' 하는 생각과 함께 순간적으로 '하나님 제발 날 살려만 주신다면 목사가 되어 주의 일 열심히 하겠습니다' 하는 기도가 저절로 나왔어요. 땅바닥에 바짝 엎드려 숨도 쉬지 않고 있는데, 갑자기 집 안에서 방문 열리는 소리와 함께 "거기 누구요?" 하는 어머니 소리가 들렸어요. 그리고는 "왜 한밤 중에 남의 집 앞에서 소리를 지르느냐"고 오히려 큰소리를 치시는 거예요. 인민군 둘은 어머니에게 무어라고 불평을 하고서는 그냥 돌아서 갔어요.

구월산 유격대 생활은 구월산 부대 내 연풍부대 주력부대가 석도섬으로 본부를 옮길 때 저는 구월산 8연대 12대대에 배속되어 몇 차례의 유격전과 풍천상륙작전, 월사리 작전 등에 참가했습니다. 석도섬에 교회를 짓는 일에도 열심히 도왔는데 당시 미 해병 9584부대의 군목께서 저를 특별히 사랑해 주서서 38선 이남으로 철수할 때 피난민 970명을 남한으로 피난시키는 일의 책임을 제게 맡겨주셨어요. 당시 유격대 모든 장교들은 거제도 포로수용소에 포로 아닌 포로로 갔고, 모든 유격대원들은 무장해제 됐고, 그것을 반대하고 신의주 앞바다로 낡은 목선을 타고 올라간 대원들은 풍랑을 만나 파선되는 바람에 대부분 생명을 잃기도 했지요."

배 : "피난민 970명을 인솔하시고 인천항으로 입항 하신 것인가요?"

이 : "아니죠. 1953년 8월 1일에 떠난 배는 3일간의 항해 끝에 목포유달산 아래에 도착했지요. 목포시가 피난민들을 각 촌으로 나누어서 생활하게 했는데 저와 제 어머니는 전남 무안군 현경면 이라는 곳에서 살게 되었죠. 그 마을에 있던 교회가 공산당들에게 파괴가 되는 바람에 이웃동네에 가서 예배를 드리게 되었는데 첫 예배에 참석하니 제게 기도를 부탁했어요. 설움에 북받쳐 기도를 한참하고 나니 교회가 온통 눈물바다가 되었어요. 그곳에 있던 전도사가 공부를 끝내기 위해 서울로 올라가면서 그 동안 교회를 맡아줄 것을 부탁해 교회 일을 돕게 되었죠. 겨울이 되어 성탄절 행사 준비물들을 구입하기 위해 목포로 나갔다가 체포되어 논산 훈련소로 가게 되었죠. 그 당시엔 곧 전쟁이 다시 일어난다며 젊은이들을 군대로 데려갔죠."

배 : "구월산 유격대원이 이제 한국군에 입대하셨군요."

이 : "훈련을 마치고 미 제22통신단 장교식당에서 근무하게 되었어요."

배 : "구월산 유격대원이 한국군에서 훈련을 받고 미군들과 생활하게 되셨군요. 그곳의 생활은 어떠하셨습니까?"

이 : "아주 좋았습니다. 내 생애 가장 좋은 시절 중의 하나

이죠. 한번은 땡스 기빙 파티가 장교식당에서 열렸는데 별 넷 사령관의 시중을 누가 드느냐가 큰 문제가 되었어요. 모두가 서로 그 일을 안 맡으려고 했죠. 괜히 실수라도 했다간 좋을 게 없기 때문이죠. 서로 미루다 결국 한국사병인 제가 맡게 되었는데 사령관이 드실 터키 고기를 제가 곁에서 나이프로 썰 때는 저도 제 정신이 아니었죠. 식사가 끝나고 사령관이 내게 수고했다며 악수를 청할 때에서야 속으로 크게 안도의 숨을 내어 쉬었죠. 그 후로 나에게 언제든지 외출할 수 있는 증이 발급되어 주일과 수요일 저녁 부대 밖 교회에 가는 일이 수월하게 되었죠. 지내고 나서 생각해 보면 모두가 하나님의 은혜였어요.”

배 : “신학 공부를 하시게 된 동기는 무엇입니까?”

이 : “제 어머니의 서원 기도가 있었고요. 무엇보다도 제가 이북에서 출석했던 황해도 은율군 장련면 직전리에 있는 중흥교회에 유명한 故 김익두 목사님께서 9년간 담임하셨는데, 목사님께서는 언제나 제게 “너는 장차 커서 작은 김익두가 되어야 한다.”고 말씀하셨던 것을 제가 항상 마음에 새겨두고 있었죠. 그 교회에는 당시 유명한 시인이신 노산 이은상 선생님도 출석하고 계셨어요.

캘빈신학교를 다니면서 신학교 직원으로 서무 일을 할 수 있었던 것은 많은 유명한 목사님들과 사귐을 갖는 계기가 되었으며 교계 일과 교회 일을 배우는 좋은 기회가 되기도 했습니다.”

배 : “물론 신학교를 마치신 후 한국에서 목회 사역을 하셨

겠죠?”

이 : “신학교를 다니면서 효창장로교회 교육전도사로 시무했고, 성북구 삼양동에 영성장로교회를 개척하기도 했는데 지난 2005년 이 교회가 크게 성장하여 교회창립40주년 기념예배를 드리면서 제게 설교를 부탁해와 가서 설교도 하고 축하도 하고 왔지요. 미국으로 오기 직전에는 서울 평안교회에서 전도사로 시무하기도 했습니다.”

배 : “미국 이민은 어떤 계기로 하시게 되었습니까?”

이 : “미국 유학을 위해 여러 가지 방법을 찾고 있던 중 카츄사 시절 저를 잘 아는 미군 장교 한 분이 초청해 주어서 올 수 있었습니다.”

배 : “처음 미국생활은 어떠하셨습니까?”

이 : “1969년 그 당시 미국으로 이민 온 사람들은 거의 다 고생 많이 했지요. 아내와 아들 넷을 데리고 초청해 주신 분이 있는 샌프란시스코 가까운 몬트레이에 도착했는데 가지고 온 돈도 없고 식구들은 많고 당장 먹고 살기위해 일자리를 찾아 수없이 헤매고 다녔죠. 어렵게 얻은 일자리로 겨우 배를 채우며 지내던 중 제가 위장병에 걸려 도저히 몸을 지탱할 수가 없게 되었어요. 일도 못하고 눕게 되었지요. 어느 날 밤에 잠도 제대로 못자고 끙끙 앓다가 새벽녘 밖으로 나오니 달이 훤히 비추고 있었어요. 그때 문득 구월산 유격대에서 하나님께 서원했던 것이 생각났어요. ‘살려만 주신다면 주의 종이 되겠다.’고 하나님과 약속을 해놓고 내가 여기서 이렇게 비참하게 죽을 순 없다는 생각에 이르자 기운이 조금 나더군요. 찬물로

몸을 씻고서 날이 밝아 질 때까지 기도를 했죠. '하나님 내가 주의 종이 되겠습니다. 나를 주의 종으로 삼아주십시오' 라고 간절히 기도했죠. 그렇게 기도하다 잠이 들었는데 아침에 일어나니 아픈 것도 많이 사라지고 기분이 명쾌했어요. 그런데 놀랍게도 그날 아침에 한국사람 네 사람이 날 찾아와 다짜고짜 내게 교회를 하자는 것이었어요. 순간 밤새 기도했던 것이 생각났어요. 나도 깜짝 놀랐죠. 일단은 함께 생각해보자고 말해 돌려보낸 뒤 여러 가지 많은 생각을 했어요. 왜냐하면 좀 떨어진 곳이긴 했지만 이미 그곳에 한국교회가 하나 있었기 때문이었죠. 그래서 그 지역에 계신 덕망 있는 어른 한 분을 찾아가 이 일을 상의 드렸더니 그 어른 말씀이 교회를 개척하는 것이 좋겠다고 하셨어요. 그래서 용기를 내어 교회를 개척하게 되었죠.

맨 먼저 교단을 찾았는데 그것이 미국 교단인 Evangelical Covenant Church of America 이었어요. 교단의 도움을 받아가며 충실히 교회를 섬겼죠. 그래서 그 곳에서 34년간 목회를 한 후 은퇴하고 이곳 라스베가스로 온 것 이예요. 지금은 교단으로부터 은퇴목사로 많은 배려를 받으며 살고 있죠. 참으로 하나님의 은혜입니다."

배 : "말씀은 쉽게 하셨지만 목회하실 때 어려움도 많으셨을 것으로 생각됩니다."

이 : "없지는 않았죠. 교회 재정이 너무 빈약했어요. 목회자 사례비를 감당할 수도 없는 처지였어요. 그래서 제가 일을 해야겠다고 생각하고 카츄사 시절 미군 장교식당에서 일한 경험

이 있으니 레스토랑에서 일을 하는 것이 좋겠다 싶어 Pebble Beach에 있는 고급 레스토랑을 찾아가 일자리를 달라고 했죠. 난 그저 청소 일을 기대하고 갔는데 그 매니저가 내 손을 보고선 넌 청소할 수 없는 손이라며 웨이러를 해라고 했어요. 난 웨이러가 웨이터인 줄도 모르고 난 웨이러를 할 줄 모르니 청소 일을 달라고 또 했죠. 그러자 그 매니저가 너 웨이러가 뭔 줄 아느냐고 했어요. 난 그저 막연히 기계만지는 것 아니냐고 했더니 지나가는 웨이터를 가리키며 저것이 웨이러 라고 했어요. 그래서 당장 웨이러 하겠다고 그랬죠. 그곳에서 웨이러(?) 10년을 했어요. 10년을 일한 덕분에 지금 연금도 받고 있지요."

  배 : "목사님이 웨이터로 일한다고 주변에서 말들은 없으셨는지요."

  이 : "말들이 많았죠. 목사님이 술을 따라도 되느냐 라는 말이 제일 많았죠. 그런데 일류 레스토랑에서는 술 담당이 따로 있다는 것을 모르고서 하는 말들이었지요. 그곳에서도 총지배인을 비롯하여 모든 직원들과도 좋은 인간관계를 유지하며 즐겁게 지냈습니다. 레이건 전 대통령이 캘리포니아 주 지사 시절 종종 들렀었고, 영화 벤허의 주인공 배우 찰톤 헤스톤도 단골이어서 가까이 지냈죠. 그곳에서 상류사회의 매너도 많이 배웠죠."

  배 : "목회 중 10년 동안은 레스토랑에서 일을 하셨지만 목사님의 성격으로 볼 때 그 10년 이후에도 조용히 목회에만 전념하셨을 것 같지가 않습니다. 제 생각이 맞죠?"

이 : "교회 일과 함께 교민활동도 많이 했습니다. 교회가 중심이 되어 한미친목회를 조직하여 교민들의 문화활동을 장려했죠. 몬트레이는 아름다운 관광지였기 때문에 모국으로부터 샌프란시스코를 방문한 한인들은 거의 그곳을 들렸다 가기에 관광객 외 수많은 공연단체들이 그곳을 들러 공연을 하고 갔었죠. 오케스트라, 합창단 등 클래식 단체 외 이미자, 최무룡, 조영남, 등 많은 연예인들이 그곳을 다녀갔죠. 초청하고, 홍보하고, 행사장 준비하고 등등의 일을 주로 제가 맡아서 했죠. 한미친목회는 얼마 지나지 않아 한인회로 발전되어 오늘까지 활동하고 있지요."

배 : "라스베가스에서 제가 혼자서 어설프게 문화활동을 하고 있는 것을 보시고 많이 웃으셨겠습니다."

이 : "웃다뇨, 천만의 말씀. 배 원장님 혼자서 얼마나 다양한 행사들을 잘 치러내고 계신데요. 그래서 제가 존경하지요. 그런데 제가 했든 일 하나 더 소개해도 됩니까?"

배 : "그럼요. 말씀하십시오."

이 : "재향군인회 활동입니다. 특별한 군대생활을 경험한 저이기에 조국에 대한 애국심도 저는 남다릅니다.

지금까지도 태극기만 보면 저는 마음이 흔들리고 어떨 땐 눈물까지 납니다. 미주 각 지역 재향군인회 조직에도 힘썼고 라스베가스 오기 직전에는 대한민국 북가주 재향군인회 회장을 2년간 역임하기도 했습니다."

배 : "목사님께서는 다양한 활동을 하신 것 외에도 편지를 많이 쓰시는 분으로도 널리 알려져 있습니다. 저 또한 목사님

으로부터 받은 편지가 아마 이십여 통은 족히 될 것 같습니다. 편지를 왜 그렇게 많이 쓰시며 그리고 지금까지 쓰신 편지는 얼마나 됩니까?"

이 : "저는 편지 쓰기를 취미로 주신 하나님께 감사를 드리고 있습니다. 제 어머님께서는 생존시 언제나 제게 '남에게 기쁨이 되는 사람이 되라'고 말씀하셨습니다. 편지야 말로 작은 노력으로 남에게 큰 기쁨을 줄 수 있는 방법이지요. 요즘은 우편함에 돈 내라는 빌들이 많이 날라 들어와 사람들을 불안하게 하고 있지만 그래도 그 가운데서 만나는 반가운 소식은 우리에게 큰 기쁨을 주는 것임에 틀림없습니다. 문장력도 없고 필체도 나쁘지만 그 속에 관심이 있고, 정이 있고, 사랑이 있다면 읽는 이의 얼굴에 미소를 짓게 할 수 있지요. 그래서 저는 하루 생활 중 편지 쓸 때가 가장 즐겁습니다.

한국에서 쓴 편지 말고 미국에 와서 쓴 편지가 오늘까지 34,794통 이고요. 금년 2009년에 지금까지 쓴 편지가 514통 입니다."

배 : "정말 대단하시군요. 이십여 통의 편지를 받고서도 과연 제가 목사님께 몇 통의 편지를 보내드렸는가를 생각하면 크게 부끄러움을 느낍니다.

오늘날 한국교회는 사회로부터 존경이랄까 아니면 신뢰를 점차 잃어가고 있다고 봅니다. 그 가장 큰 이유가 무엇이라고 생각하십니까?"

이 : "믿음과 행함의 불일치가 가장 큰 이유라고 생각합니다. 믿는다고 하면서도 행동을 따로 하니 세상 사람들과 아무런 차

이가 없지요. 세상 사람들에게 아무리 전도를 하려고 해도 '하나님을 믿는 네 모습이나 믿지 않는 내 모습이 똑 같은데 뭣하러 믿느냐?' 라는 질문에 분명한 대답을 할 수 있어야 합니다."

　배 : "목사님의 힘 있는 말씀들을 듣다보니 벌써 제게 주어진 지면이 거의 다 채워진 것 같습니다. 이제 끝으로 가족을 좀 소개해 주십시오."

　이 : "아내와 아들 넷 그리고 손자, 손녀 넷이 있습니다. 첫째 아들은 Atlanta에서 살고 있고 미군 군목인 둘째는 현재 이라크에 파견 중이고 셋째는 Arizona, 넷째는 San Diego에서 다들 잘 지내고 있습니다."

　배 : "긴 시간동안 귀중한 말씀들을 해 주셔서 대단히 감사합니다. 앞으로도 더 많은 이웃에게 더 많은 기쁨을 나누는 삶이되시길 기원합니다."

크리스 리 (노스라스베가스 치안판사)

"판사가 형평에 맞는 판단을 내릴 때 진정한 법의 가치는 커집니다"

배상환 원장(이하 '배') : "안녕하세요.

바쁘실 텐데 이렇게 시간을 내어 주서서 감사합니다.

한국에서도 그렇지만 법원을 출입한다는 것이 그리 마음 편한 일은 아닌 것 같습니다. 더더욱 외국에 나와 살면서 미국 법원에 출입한다는 것이 약간 긴장도 되고 떨리기까지 합니다. 그러나 오늘은 법원 판사님을 개인적으로 만나기 위해 왔다고 생각하니 다소 그 긴장이 풀어지기도 합니다.

오늘 〈L&K 초대석〉은 수년간 라스베가스 검찰청 특수부 검사로 활동하시다가 지난 2008년 11월 치안판사 선거에서 최연소 선거직 한인 판사로 당선됨으로 현재 노스 라스베가스 치안판사로 재직 중이며, 라스베가스 모든 한인들의 자랑이고 자부심이기도 한 크리스 리 판사님을 모시고 말씀을 듣게 된 것을 대단히 영광으로 생각합니다."

<u>크리스 리 판사(이하 '리')</u> : "과찬의 말씀이십니다. 라스베가스 한인들의 문화생활을 위해 항상 노력하시는 배상환 원장님이 선거 전부터 계속 저에게 따뜻한 관심을 가져 주신 점에 대해 항상 감사하게 생각하고 있습니다."

배 : 요즘 라스베가스의 날씨는 조금도 덥지도 춥지도 않은 참으로 생활하기에 좋은 날씨입니다. 그런데 아직도 외지의 사람들 가운데는 라스베가스는 열대성 사막 기후로 일년 내내 더위 만 계속되는 것으로 알고 있는 사람도 있습니다. 다소 무지하다는 생각도 들지만 개인의 생각이야 자유이므로 그냥 그렇게 생각하게 놔두는 것도 괜찮을 것 같습니다.

자, 이제 먼저 크리스 리 판사님 본인에 대해 간단히 소개 좀 해 주십시오."

리 : "1974년 9월에 한국에서 출생하였으며 2살 때 부모님을 따라 미국에 이민 와서 라스베가스에서 성장하였으며 St. Anne 초등학교 & 중학교, Bishop Gorman 고등학교를 거쳐, 옥시덴탈 대학교에서 정치학을 전공하고 산타클라라 법학대학원을 졸업하였습니다. 졸업 후 라스베가스 클락 카운티 검찰청에서 약 7년간 검사로 근무하였으며 2007년 1월 네바다 주 국무차관으로 임명, 2008년 11월 선거를 통해 판사에 당선 되었습니다."

배 : "두 살 때 이민을 오셨음에도 불구하고 현재 한국어를 대단히 정확하게 사용하시는 것에 놀랐습니다. 이민 초 어릴 때 가졌던 꿈이 있으셨다면?"

리 : "사실 어릴 적에는 딱히 무엇이 하고 싶은지, 무엇을 해야 하는지 특별한 꿈같은 것은 없었습니다.

본인은 자라면서 저에게 맞는 적성을 찾고 무슨 일을 하면 행복하고 만족스러운 삶을 살 수 있는가를 고민하며 그 길을 찾기 위해 열심히 노력한 케이스라고 생각합니다.“

배 : “학창 시절에 관해 말씀 좀 해 주십시오. 물론 공부 잘하는 모범생이셨겠죠?”

리 : “라스베가스에 오래 사셨던 어르신들은 아마 저의 존재에 대해서는 모르시나 오히려 제 형님을 기억하시는 분들은 많으실 것 같습니다. 제 형님은 라스베가스에서 처음으로 스탠포드에 들어간 주목 받는 우수한 학생이었으니까요.

저는 부모님께 항상 상위 Top10 퍼센트 안에 들겠다고 약속했습니다. 누구나 인생의 목표를 정해 놓고 뒤돌아보지 않고 열심히 최선을 다하면 원하는 것이 그 무엇이든 다 이룰 수 있다고 봅니다. 저를 보면 그것을 확실히 알 수 있지요.“

배 : “법대 공부 중에 특별한 어려움이나 법학 공부 자체에 대한 회의를 느끼신 적은 없으셨나요?”

리 : “대학교를 졸업하자마자 휴식 없이 바로 법대를 다니게 되어 너무 연속되는 학교 과정 자체와 많은 양의 공부가 힘이 들었던 것은 사실입니다. 그러나 지금에 와서 생각해 보면 빨리 졸업하고 젊은 나이에 판사가 되어 일찍 하고 싶은 일들을 하며 사는 것이 행운이라는 생각도 듭니다. 그러나 그 많은 공부들을 쉬지 않고 몰아서 했다는 것을 생각하면 지금도 아찔한 생각이 들기도 합니다.”

배 : “인간은 공동체를 이루고 그 공동체 안에서 살아가는 존재라고 봅니다. 그 공동체가 가정이든, 사회이든, 국가이든,

아니면 국제간이든 모든 공동체는 그 공동체의 존립의 목적을 위해 일정한 규칙과 법을 만들어 그 안에서 자신을 보호 받고 또한 자신을 표현하며 산다고 봅니다.

크리스 리 판사님이 생각하시는 법의 의미와 법의 가치는 무엇이라고 생각하십니까?"

리 : "판사가 법원에 들어서면 법원 안에 있는 모두가 일어섭니다. 법원에 출입하는 사람들은 단정하게 옷을 입어야 하고 법원 안에서는 큰소리를 내거나 욕을 할 수가 없습니다. 이는 저를 존경해서가 아니라 사회에 살고 있는 모두가 법의 시스템 자체를 이해하고 존경하기 때문입니다. 사회구성원으로 법에 의존해서 살기 때문입니다.

대부분의 사람들은 나쁜 짓을 하면 어떤 벌을 어느 정도 받아야 하는지를 대충은 알고 있습니다. 죄에는 반드시 결과가 따른다는 것을 모두 알고 있습니다. 피해를 당하게 되면 어떻게 보상을 받을 수 있고 법의 보호를 받을 수 있는지도 알고 있습니다. 직업 지위에 관계없이 법은 모두에게 적용됩니다. 그러나 법조문만으로 판결을 내린다면 컴퓨터로도 할 수 있겠으나 중립의 입장에서 모든 정황과 경험과 상식을 통해 판사가 형평에 맞는 판결을 내릴 때 진정한 법의 가치는 커지는 것입니다."

배 : "판사님께서 현재 감당하고 계신 업무의 양은 얼마나 되며 주로 어떤 내용의 재판을 하고 계신지요?"

리 : "지난 1월부터 현재까지 4,000건이 넘는 형사사건과 1,400건 가량의 민사사건을 처리했습니다. 사건이 접수되면 제

일 먼저 치안법원으로 오게 됩니다. 72시간 이내에 억울한 일을 당하지는 않았는지 알아보고 정황에 따라 구속여부와 보석금을 책정하게 됩니다. 교통위반 즉심을 주재하고 체포, 수색, 압수, 영장을 발부합니다. 10,000불 이하의 민사사건과 경범죄를 처리하고 강도, 살인, 강간 등의 중범죄의 예비심의를 거쳐 상급 법원으로 가는 여부를 결정합니다.”

배 : “'법은 만민에게 평등하다'고 합니다. 그러나 때로는 개인에 따라 법이 자신에게 평등하지 적용되지 않다고 생각하는 사람도 있습니다.

이 점에 대해 어떻게 생각하십니까?”

리 : “벌을 받게 되는 사람은 그렇게 생각할 수는 있으나 판사로써 모든 사람을 다 만족시킬 수는 없는 것 같습니다. 감옥에서 형을 받는 범죄자들 중에서는 자신들이 받은 죄가 마땅하고 적당하다고 여겨 불평 없이 형을 사는 사람들이 있는가 하면 벌이 과하다고 억울하게 생각하는 사람도 있습니다. 판사들은 법에 따라 인생의 경험과 상식과 모든 정황을 통해 중립을 지키며 더 현명한 판결을 내리기 위해 최대한 노력합니다.”

배 : “한국은 가끔씩 방문 하시나요?”

리 : “어렸을 때는 오히려 한국어를 가르치시려는 부모님 덕에 여러 번 가곤했으나 학교 다닐 땐 잘 가지 못했습니다. 그러나 결혼 후에는 처의 가족들이 한국에 계시기에 자주 가는 편입니다. 미국에서 사위가 왔다고 씨암탉도 잡아 주시고, 갈 때 마다 맛있는 것도 많이 먹고 한국의 여러 곳도 관광을 하고 한국을 더 좋아하게 되었습니다.

그리고 지난 5월에는 서울에서 대한민국 대법원 판사들과의 만남의 기회를 가졌었고 얼마 전 9월 25일에는 대한민국 대법원이 '국제 법률 심포지엄'을 겸해 현재 미국에서 활동 중인 한국인 판사 4명과 한국인 변호사 1명을 초청하여 기자회견 및 한국 문화체험, 한국의 법원 견학 등을 제공하여 7일 동안 한국을 방문하고 돌아오기도 했습니다."

배 : "한국 대법원 초청 방문에 대해 좀 더 말씀해 주십시오."

리 : "한국의 법조인들과 네트워킹 할 수 있는 좋은 기회였고 한국에서 많은 분이 저희 미국 내 한인 판사들을 자랑스러워 해주셔서 기분이 참 좋았습니다. 따뜻한 관심으로 기자회견도 마쳤고 한국의 대법원장과 판사들과도 좋은 시간을 보낼 수 있었습니다. 저희 한인 판사들을 위해 마련된 이틀간의 한국 관광과 법원 견학, 만찬 등은 참으로 좋은 경험이었습니다."

배 : "미국 내 현직 판사로 일하고 계시는 한국인은 몇 분이나 되나요?"

리 : "정확한 인원은 확실하지 않지만 이번에 초청 받은 미국 한인 판사는 저까지 4명이었습니다. 제가 제일 젊은 사람이었습니다."

배 : "라스베가스 검찰청에서 특수부 검사로도 7년간 근무하셨는데 그때 생활에 대해 말씀 좀 해 주십시오."

리 : "검사로 근무하는 동안 많은 법정체험을 쌓게 되었습니다. 이 실전경험을 통해 법정업무를 능률적으로 대처하는 법과 증인과 피해자들을 고려하는 법, 법치주의를 실현하는 방법을

배울 수 있었습니다. 18개의 배심원 재판 중 17개의 유죄 판결을 얻었고 이를 통해 소송실전 경험을 취득하는 법을 배웠습니다."

배 : "크리스 리 판사님이 생각하시는 검사와 판사의 업무 내용 외 가치의 차이라면 어떤 것이 있겠습니까?"

리 : "형사부 검사로 근무할 때는 아무래도 판사의 판결이든 배심원의 판결이든 그것을 기다리는 입장이었습니다. 그 판결을 위해 참 열심히 했었고 보람을 느꼈었습니다. 판결을 기다릴 때는 아드레날린 같은 흥분감도 있었습니다. 요즘도 가끔은 검사로 있을 때 새로운 사건을 접하고, 판결을 기다리면서 검사 친구들과 나누었던 돈독한 우정 같은 것들이 그리울 때도 있습니다.

판사로써는 민사, 형사를 포함한 더 다양하고 많은 사건을 중립의 입장에서 최종 결과를 내릴 수 있다는 점과 실제로 법의 시스템의 한 부분으로 역할을 하고 있다는 점이 다릅니다."

배 : "어떤 취미를 갖고 계신지요?"

리 : "운동을 참 좋아합니다. 요즘에는 미국뿐 아니라 아시아에서 인기가 많은 종합격투기에 관심이 많아 주짓수며 무에타이 킥복싱을 배우러 도장에 다니고 있습니다. 남자로써 참 재미나고 배워볼 만한 운동인 것 같습니다."

배 : "대담을 진행하면서 계속해서 느낀 것 중의 하나가 판사님께서는 어린아이 같이 맑은 눈동자를 가진 미남 청년이라는 점과 마음과 생각까지도 맑고 깨끗하다는 것이었는데 갑자기 취미가 종합격투기 라는 말씀에 제가 또 한번 깜짝 놀랐습

니다.

많은 한국인 가정에서는 자녀들을 법대에 진학시키려 여러 가지로 노력하고 있습니다. 또 다행스럽게도 우리 한인 청소년들이 부모님의 뜻을 따라 성실히 공부도 하고 있고요. 법대 진학을 계획하고 있는 가정과 학생들에게 꼭 해 주시고 싶은 말씀이 있으시다면?"

리 : "자녀들이 무엇을 하고 싶은지 찾을 때까지 시간을 주어야 합니다. 법에도 여러 가지 분야가 있습니다. 본인에게 잘 맞는 분야를 정하는 것이 참으로 중요하니까요. 자신에게 적성에 맞는 목표가 정해지면 뒤돌아보지 않고 그 길을 위해 열심히 달리면 좋은 결과가 있을 것입니다. 자신의 적성에는 맞지 않지만 '이 직업을 가지면 부유하게 살 것 같다' 라든가 '이 직업을 가지면 남에게 무시당하지 않고 보기 좋을 것 같다' 싶어 진로를 정한 사람들 가운데는 중도에 포기하는 경우를 많이 보았습니다. 법대에 가서도 본인의 적성과 소질에 따라야 힘든 법대 생활을 이겨낼 수 있고, 그래서 사법고시를 붙으면 좋은 기회가 많이 있을 것 입니다."

배 : "어떻게 사는 것이 가장 잘 사는 인생이라고 생각하십니까?"

리 : "자기에게 맞는 보람된 일을 찾아 즐겁게 최선을 다하면서 가정도 행복하게 잘 조화시키며 사는 것입니다. 아무리 훌륭한 직업을 가지고 바쁘게 살아도, 가정에 소홀하면 무슨 소용이 있겠습니까? 최고의 아버지. 최고의 남편, 최고의 아들이 되기 위해 노력하고 사랑 받고 사랑하면서 인생을 즐겁고

행복하게 사는 것이겠죠."

　배 : "항상 크리스 리 판사님을 자랑스럽게 생각하고 있는 우리 〈L&K〉 독자와 라스베가스 한인들에게 인사말씀 한 마디 해 주십시오."

　리 : "저에게 항상 따뜻한 관심을 가져 주서서 감사합니다. 그 기대에 어긋나지 않는 판사가 되도록 하겠습니다. 제가 한국 교민 여러분들과 자주 교류하거나 만나 뵙지는 못하지만 저는 묵묵히 미국에서 사는 2세들에게 모범과 희망이 되기 위해 항상 최선을 다하고 있다는 점을 알아주셨으면 합니다."

　배 : "이제 끝으로 가족을 소개 좀 해 주십시오."

　리 : "사랑하는 아내(이지혜)와 두 달 후에 세 돌이 되는 눈에 넣어도 아프지 않은 아들(준빈)이 하나 있습니다. 인생의 본보기와 모범이 되어주시는 한의원(이세은 한의원)을 경영하시는 부모님도 라스베가스에 살고 계시고요."

　배 : "바쁘신 중에도 소중한 시간을 내어 주시고 귀한 말씀까지 해 주셔서 대단히 감사합니다. 크리스 리 판사님의 더 큰 증진을 기원합니다."

강 일 진 (순복음라스베가스교회 목사)

"내가 참된 그리스도인이 된다는 것이 무슨 의미인지를 알아야 합니다"

배상환 원장(이하 '배') : "안녕하십니까?

순복음 라스베가스 교회의 창립 제30주년을 진심으로 축하합니다.

저는 지난 10월 25일 교회 창립과 장로 장립, 권사 취임을 축하하기 위해 처음으로 순복음 라스베가스교회의 예배를 참석하였는데, 넓은 예배당을 빈 좌석 하나 없이 가득 채우고 진지하게 기쁨으로 예배를 드리고 있는 교인들의 모습을 보며, 순복음 라스베가스 교회가 우리 지역에서 역사가 오래되어 유명한 것이 아니고 교인수가 가장 많아서 유명한 것이 아닌 교인들의 신앙의 성숙함과 진지함과 예배의 경건함에 있음을 알 수 있었습니다.

오늘 〈L&k 초대석〉이 순복음 라스베가스 교회 담임이신 강일진 목사님을 모시고 말씀을 나누게 된 것을 대단히 기쁘게 생각합니다.

강 목사님 반갑습니다. 먼저 이번에 창립 제30주년을 맞이한 순복음 라스베가스 교회에 대해 소개 좀 해주십시오.”

강일진 목사(이하 ‘강’) : “안녕하세요?

저희 교회는 30년의 역사가 있는 교회이고 30년 전에 고 김종기 목사님께서 세우신 교회입니다. 故 김종기 목사님께서는 저의 장인어른이 되시며 제가 그 분의 둘째 사위입니다.

故 김종기 목사님께서는 아주 훌륭한 일을 26년간 이 라스베가스에서 행하셨습니다. 많은 사람들을 주님에게로 전도하시고 훈련시키시는 작업을 하셨습니다. 30년 전 소수의 성도들과 함께 교회를 개척하여 지금은 1,000명 정도의 교회로 성장시킨 그 장본인이시기도 합니다. 그리고 많은 분들이 알고 계신 것처럼 고 김종기 목사님께서는 2년 반 동안 폐암과의 투병생활을 하시다가 천국으로 가셨습니다. 그 이후 제가 그 뒤를 이어 사역을 계속해 나가고 있습니다.

저희 교회는 처음부터 어린아이들 사역을 중심으로 시작한 교회입니다. 故 김종기 목사님께서는 6.25 한국전쟁 당시 부모님을 여의시고 고아로 성장하셨기 때문에 어린아이들에 대한 각별한 관심과 애정이 있으셨습니다. 그래서 저희 교회는 고 김종기 목사님의 비전을 이어 받아 지금 현재에도 2세들에게 초점이 맞추어진 교회입니다. 이것은 1세대에 대한 관심이 없다는 말이 아니라 모든 세대가 앞으로 주역이 될 다음 세대, 즉 2세들을 차세대 리더로 키우는 것에 중점을 두고 있다는 말씀입니다. 그 구체적 비전을 위해 라스베가스 서남쪽에 크리스천스쿨 설립을 위한 20에이커의 부지구입을 준비하고 있습니다. 유치원에서부터 고등학교까지의 전 과정 동안 2세들을 양육하여 다음 세대를 이어 나갈 수 있도록 준비시키고자 하는 것입니다.

또 한 가지는 故 김종기 목사님께서는 '선교'에 대한 열정이 크셨는데 지금도 마찬가지이며 저 또한 같은 마음입니다.

저희 교회에 허락하신 하나님의 비전은 전 세계 일백 개 미전도 종족을 전도하는 일에 저희 교회가 함께 참여하는 것입니다. 그러한 비전을 품고 계속 사역을 하고 있습니다.

그래서 현재 저희 교회에는 '2세 사역' 과 '선교' 이 두 가지가 중요한 포인트입니다. 올해로 30년이 지났지만 앞으로의 30년을 바라보며 이 두 가지 사역을 위해 전교인이 합심하여 함께 나아가게 될 것입니다."

배 : "혹, 현재 교회의 재적수와 주일예배 출석 교인수를 말씀해주실 수 있겠습니까?"

강 : "저희 교회 현재 재적은 한국어권, 영어권, 주일학교를 포함해서 1,000명 정도이고, 주일예배 출석은 전체 다 통틀어 700~800명 정도 입니다."

배 : "순복음 라스베가스 교회를 창립하시고 2005년 세상을 떠나실 때까지 전심을 다해 교회를 성장시키신 故 김종기 목사님이 강 목사님의 장인이 되신다고 조금 전 말씀하셨는데, 우리 지역에서 故 김목사님의 사역과 열정적인 삶을 모르는 사람은 없겠지만 사위가 바라 본 인간 김종기 목사님은 어떤 분이었습니까?"

강 : "故 김종기 목사님께서는 아주 특별한 분이셨다고 생각이 됩니다. 남달리 주를 향한 사랑이 말로서 만이 아닌 마음과 삶 전체를 통하여 표현한 분이셨습니다.

제가 샌디에고에서 신학공부를 하던 시절 지금의 아내를 처음 만난 후 라스베가스에아내의 부모님을 뵈러 왔던 적이 있었습니다. 故 김종기 목사님의 사무실에 와서 목사님을 처음 만나 나누었던 대화 중에 어느 일부분은 아직도 기억하고 있습니다. 목사님께서는 제게 "예수를 사랑하느냐?" 라고 질문 하셨습니다. 당연한 질문이었지만 보통 사람들이 잘하지 않는 질문이었기에 저로서는 무척 당혹스러웠습니다. 당혹스러움을 뒤로하고 저는 "네" 하고 대답했습니다. 그리고 잠시 후 "얼마만큼 예수를 사랑하느냐?" 라고 또 질문 하셨습니다. 그래서 제가 "나의 전부를 바쳐 주님을 사랑합니다." 라고 대답했던 것을 아직도 기억합니다.

이처럼 故 김종기 목사님께서는 전심을 다하여 주님을 사랑한 분이셨습니다. 그러한 진실된 마음과 삶이었기 때문에 열심이 있었고 못할 일이 없으셨던 것 같습니다. 어떠한 희생을 치르든지, 어떠한 고생이 따르든지, 어떠한 장애물이 있든지 예수님을 위한 일이라면 그것을 꼭 해내시는 분이셨습니다. 저도 목회를 하다 보면 어려움이 생기지만 故 김종기 목사님을 묵상하다 보면 용기를 얻게 됩니다."

배 : "이제 강 목사님 본인에 대해 간략히 소개 좀 해 주십시오."

강 : "저는 9살 때 미국으로 이민을 왔고요. 모태신앙 입니

다. 저희 어머님께서 제가 아직 복중에 있을 때 하나님께 서원 기도를 하셔서 저를 주의 종으로 바치셨습니다. 저는 어릴 때부터 사람들과 주님에게 주의 종으로 될 사람으로 찍혔습니다. 이민 온 후에도 한국말로 계속해서 신앙생활을 했습니다. 이민 올 당시 누나 셋에 형이 셋이었고 후에 형 중 한명이 먼저 천국 가셨지만 날마다 가정예배를 한국어로 드렸습니다. 각자 예배 및 기도차례가 돌아오는데 저도 한국말로 기도를 하곤 했습니다. 그래서 한국말이 제게 유지될 수 있었던 것 같습니다.

처음 이민 온 지역은 하와이였지만 샌디에고, 엘에이, 뉴욕, 뉴저지 등 여러 지역을 이동했었고, 대학을 북가주에서 다녔으며 신학은 웨스턴민스턴 신학대학원에서 공부를 마쳤습니다. 그리고 다시 서부로 왔습니다.

저는 미국에서 성장했고 영어가 더 편하기 때문에 늘 2세 목회에 비중을 두었습니다. 그런 제가 지금은 1세 목회를 하게 되었습니다. 물론 2세 목회를 겸하기도 하지만 이것 모두가 하나님의 인도하심이라고 봅니다. 1세 목회도 2세 목회도 재미있습니다. 제가 깨달은 것은 2세 목회를 올바로 하려면 1세들과 손잡고 함께 2세 목회를 해야 된다는 것을 여기에 와서 깨닫게 되었습니다."

배 : "목회자가 되겠다는 결심은 어느 때 하신 것이며 그 배경은 어떤 것이었습니까?"

강 : "저희 어머님께서 저를 임신하셨을 때 나이가 마흔이셨고 건강상으로 문제가 있었습니다. 그리고 부모님께서 저를 계획하지 않으셨는데 제가 생기게 되었습니다. 당시 임산부였던

어머니의 생명도 위태하였고 아기였던 저의 생명도 위태했다고 합니다. 그래서 당시 의사들은 유산을 권유했었다고 들었습니다. 저희 어머님께서 독실한 기독교이셨기 때문에 그 당시 유산은 아이를 살인하는 것이라고 여기셨기 때문에 하나님께 서원기도를 올리셨습니다. 하나님께서 본인과 태에 있는 아이를 살려주시면 아이를 하나님께 드리겠다고 서원하셨습니다. 저는 태어나면서부터 주의 종이 될 사람이라는 말을 계속 들으면서 성장했습니다. 그런데 사춘기에 접어들어서 8학년 때쯤이었던 것 같습니다. 제가 주님께 직접 "많은 사람들과 부모님께서 내가 주의 종이 되어야 한다고 말하는데 주님의 뜻은 어떻습니까? 주님도 원하십니까?"라고 질문 했을 때 제 마음에 "그렇다. 너를 목사로 사용하기 위하여 너를 이 세상에 보냈다."고 하는 주님께로부터 오는 응답이 있었습니다. 그때부터 신학교를 찾기 시작하고 주의 종이 되는 것을 삶의 목표로 삼고 공부를 했으며 지금의 강일진 이란 목사가 존재합니다."

배 : "미국에서 성장하고 교육을 받아 영어가 훨씬 익숙한 이민 1.5세 혹은 2세 목사가 보수성이 짙은 한인교회의 담임을 맡는 것이 결코 쉬운 일이 아닐 듯하여 강 목사님의 부임 초기 순복음 라스베가스 교회를 사랑하는 많은 분들이 이런 점을 염려했던 것으로 압니다.

그러나 목사님께서는 부임 초부터 교회가 추진하고 있던 선교활동을 더욱 강화하고 교회의 평안과 교인들의 신앙적 성숙을 위해 탁월한 능력을 발휘하시므로 교회는 한 단계 더 발전하는 계기를 맞이했다고 봅니다. 시간이 좀 흘렀습니다만 부임 초에 가지셨던 목회에 대한 계획과 오늘의 목회 계획에 차이가 있다면 어떤 것 입니까?"

강 : "제가 순복음 라스베가스교회의 담임목사가 된지는 3년 반 정도 됩니다. 담임목사를 처음 맡았을 때와 지금 현재 갖고 있는 목회에 대한 철학이나 계획에는 차이가 없습니다. 처음에도 선교와 2세들에 대한 목회를 시작했는데 지금은 그 비전들이 더 구체적으로 세분화되어 가고 있다고 생각합니다. 전체적인 방향과 철학은 같습니다. 지금은 선교 및 2세에 대한 열정이 더 강화되었다고 봅니다. 10년이 또 지나면 어떻게 전개될지는 모르겠지만 3년 반 전과 비교한다면 같은 모습이라고 느껴집니다."

배 : "10월 31일은 마틴 루터가 1517년 비텐베르크 대학교의 교회당 정문에 로마 카톨릭 교회를 향한 95개 조항의 반박문을 붙인 종교개혁 기념일이기도 합니다. 잘 아시겠지만 루터의 종교개혁의 내용은 교회생활의 타락을 공격했다기보다 구원과 은총에 관한 교리에 대한 개혁의 요구였습니다.

부패한 교회를 오직 성경 말씀 안에서 새롭게 변혁시키고자 했던 이 개혁운동은 결과로 개신교와 성공회가 로마 카톨릭 교회로부터 분리되는 계기가 되기도 했습니다.

오늘날 교회는 사회로부터 여러 가지 비난을 받고 있기도 합니다. 실제로 기독교 인구가 감소추세에 있기도 하고요. 어떤 이들은 현대 기독교가 종교개혁 당시처럼 크게 개혁되어야 한다고 주장하기도 합니다. 목사님께서는 교회가 사회로부터 존경 받지 못하고 신뢰 받지 못하고 있는 오늘의 현상에 대해 그 원인이 어디에 있다고 보십니까?"

강 : "현재 기독교가 한국이나 미국에서 손가락질을 받는 모습이 있는데 그 이유를 제 개인적으로 말한다면 우리가 우리의 말과 행동이 일치되지 못하기 때문이라고 봅니다. 우리가 말은 유창하게하고, 사랑을 외치고, 헌신을 외치고, 주님을 위해 모든 것을 희생하는 삶을 말하며 외치지만, 실질적으로 그리스도인들의 삶을 들여다볼 때 그런 모습으로 사는 사람들이 극히 드물다는 사실입니다. 어떤 면에서는 교회의 교육자들까지 포함해서 말할 수 있습니다. 이 문제의 근원은 우리가 예수 믿는다는 것을 너무 쉽게 여기는 것에 있습니다. 어떤 사람이 설교를 한번 듣고 은혜를 받아서 '예수를 믿겠습니다. 예수를 나의 구주로 영접합니다.' 라는 기도를 간단히 드리면 그 사람이 구원 받은 것으로, 예수의 제자가 된 것으로 인정합니다. 여기에 실수가 있습니다. 우리가 구원 받고, 새로운 피조물이 되고, 예수의 제자가 된다는 것은 가벼운 일은 아닌 것 같습니다. 많은 경우 이것을 너무 가볍게 다루기 때문에 문제가 발생합니다. 많은 사람들이 참으로 구원을 받지 못하고, 아직 새로운 피조물이 되지 못했는데도 그리스도인이란 타이틀을 달고 교회생활을 시작합니다. 이러한 상황이 계속되어지기 때문에 믿지 않는 사람들이 보는 관점에서는 그리스도인에 대한 오해가 생기는 것 같습니다. 종종 참된 그리스도인들의 모습을 보지만 많은 경우 너무나 말이 안 되는 행동이나 말을 하는 그리스도인들을 만나게 되고 그런 상황이 넘치다 보니 교회가 비판을 받고 조롱을 받습니다. 개혁을 생각한다면 그리스도인은 무엇인가에

대하여 좀더 심각하게 생각할 필요가 있고 성경을 다시 보았으면 합니다. 내가 참된 그리스도인이 된다는 것은 무엇을 의미하는지를 알아야 합니다. 예수님께서는 그 나무를 알려면 그 열매를 보면 안다고 하셨는데 이 점을 좀더 심각하게 생각하고 구원 받는 것에 대하여 우리의 재점검이 필요하다고 봅니다.”

배 : “그러면 기독교가 혹은 교회가 어떻게 나아가야 합니까?”

강 : “구원 받은 사람들에게 나타나는 공통점이 있는데 그것은 주를 뜨겁게 사랑하는 것과 주께서 명령하신 계명들에 대하여 힘을 다하는 모습이 있습니다. 주님이 교회에 내리신 것 중에 가장 최종적인 명령은 전세계를 복음화 시키라는 것입니다.

‘가서 모든 족속으로 제자를 삼으라(마 28:19)’

교회는 이 명령을 심각하게 받아들이고 그 명령을 이루기 위하여 최선을 다해야 한다고 봅니다. 이것과 연관된 명령이 하나님을 마음을 다하여 뜻을 다하여 힘을 다하여 사랑하는 것이며 네 이웃을 네 몸과 같이 사랑하는 것입니다. 결국에는 하나님을 사랑하고 남을 사랑하라는 명령인데 우리가 실천을 잘 못하고 있는 것 같습니다. 교회들도 대부분 교회의 예산을 교회 자체를 위하여 허비할 때가 많습니다. 다른 사람들을 위하여 물질과 시간, 노력을 할애해야 된다고 생각합니다. 나 중심의 신앙이 아니라, 우리 교회 중심의 신앙이 아니고 교회 밖에 있는 사람들을 위한, 이웃을 위한, 전 세계를 위한 신앙생활에 초점을 맞추는 것이 필요하다고 봅니다. 물론 내부도 소홀히 해서는 안 되겠지만 내부와 외부에 대한 균형이 매우 중요합니다. 대부분의 교회들은 내부에 너무 중점을 두고 있는 경우가 많은 것 같습니다. 우리가 이웃과 남에게, 또한 외부로 초점을 맞춘다면 더 건강한 교회로 성장하고 더 풍성한 열매가 맺어지리라 봅니다.”

배 : “저의 이민 생활은 이곳 라스베가스에서 이제 곧 십삼 년째를 맞습니다. 이민 당시 라스베가스에는 한인교회가 열다섯 정도 있었는데, 순복음 라스베가스 교회 하나와 나머지 열넷 교회 모두를 합친 교인수가 같다 라는 말도 있었습니다.

지역 내에서 특별히 큰 교회를 담임하시는 데는 여러 가지 남모르는 어려움과 힘든 일들이 있을 것으로 생각됩니다. 그 점에 대해 한 말씀 해 주십시오.”

강 : “저희 교회가 라스베가스 지역에서는 제일 크다고 사람들이 말을 합니다. 교인수가 많으니 자연히 힘든 일도 많을 것으로 여기는 분도 계시지만 저는 전혀 그렇지 않습니다.

저는 팀 사역을 중요하게 생각합니다. 제 목회는 담임목사인 제가 주장해서 결정을 내리고 주관하는 것이 아니라 부교역자들과 평신도들에게 사역을 나누어 주고 맡은 자가 각각의 부서를 운영하고 책임지게 합니다. 담임목사라는 이름으로 제가 다 알아야 하고 관할해야 한다고 생각하지 않습니다.

리더쉽을 나누는 팀 사역을 하고 있기에 저는 육체적으로도 힘들지 않고 오히려 여유를 갖고 새로운 비전을 계획할 수가 있어 좋습니다. 제가 주로 하는 일이란 각 부서의 이 리더들을 대상으로 목회하고 교육하는 것이기에 제 관점에서 보면 교인이 몇 천 명이든 몇 만 명이든 그것은 별 문제가 되지 않습니다."

　배 : "계속되는 경기침체로 많은 이들이 라스베가스를 떠나가고 있습니다. 물론 한인들도 많이 떠나가고 있고요. 그런데도 한인교회는 점점 더 늘어나고 있습니다. 이제 쉰 교회가량 된다고 합니다. 한인교회들이 급속히 늘어나고 있는 오늘의 현상에 대해 어떻게 생각하십니까?"

　강 : "라스베가스에 한인교회 숫자가 증가하고 있다고 종종 듣는데 저는 어떤 교회들이 세워지는 정확히 모르지만 보편적으로 교회가 늘어나는 것은 좋은 현상이라고 여겨집니다. 왜냐하면 모든 성도들이 똑 같은 교회가 필요한 것이 아니고 사람들마다 영적 분위기가 다르기 때문에 여러 종류의 교회가 존재함으로 인해 여러 사람들에게 도움이 된다고 봅니다.

　각 사람마다 하나님께로 더 가까이 갈 수 있고 신앙생활에 도움이 되는 교회를 찾을 수 있는 선택의 폭이 넓어지기 때문입니다. 라스베가스도 지역적으로 점점 확장되고 있는데 각 지역 구석구석마다 교회가 있어서 그 지역에 사는 사람들이 신앙생활을 가까이 할 수 있게 된다면 더 좋을 것이라 생각합니다."

　배 : "순복음 교회가 갖는 다른 교파와의 차이점이 있다면 어떤 것입니까?"

　강 : "저도 순복음교회의 목사가 된 지 오래되지 않았습니다. 저는 장로교에서 오랫동안 신앙생활을 했고 장로교 합동측에서 졸업했고, 본 교회에 오기 전까지만 해도 오렌지 카운티에 있는 장로교회에서 영어목회를 했었습니다. 현재까지도 저는 순

복음교회에 대하여 계속 배우는 중입니다. 지금까지 목회를 해오면서 아주 좋은 교단이라고 느껴집니다. 특별히 영적으로 뜨겁고, 기도생활이 뜨거운 것에 대하여 만족을 누리고 있습니다. 신앙생활도 결국 밸런스가 있어야 한다고 생각합니다. 장로교회에서는 성경공부를 열심히 하는 것처럼 말씀에 근거한 신앙생활과 기도생활 및 열심을 내는 전도생활이 밸런스가 맞아야 아름다운 그리스도인으로 성장하게 된다고 생각합니다. 저도 나름대로 이 밸런스를 맞추어서 목회를 하려고 노력하고 있습니다."

배 : "어떻게 사는 것이 참된 그리스도인으로 사는 것입니까?"

강 : "저는 간단한 것을 좋아합니다. 성령의 도움을 받아서 신앙생활을 하게 된다면 예수님을 믿는 것도 간단하고 한편으로는 쉬운 것이라고도 생각합니다. 참된 크리스챤의 모습은 예수님을 닮은 모습일 것입니다. 이웃을 사랑하고, 하나님을 사랑하고, 나 중심이 아니고, 남을 중심으로, 하나님 중심으로 사는 모습이라고 여겨집니다. 이것은 인간의 힘으로 불가능한 것이고 겉으로 남을 돕는다고 할지라도 내면의 동기를 따지고 보면 우리는 다 깨끗한 사람이 없습니다. 우리가 드러내는 겉으로의 선행이나 행동이 아니라 우리의 중심을 보시는 하나님이시기 때문에 우리가 성령의 능력을 받아서 산다면 예수님의 모습이 우리 안에 나타나리라 봅니다. 이런 성령 충만을 유지하기 위해서는 주일예배를 잘 나오는 것보다, 부흥회에 잘 나오는 것보다, 매일 매일의 삶 속에서 흔히 Q.T나 경건의 시간으

로 표현하는데 하나님과 나와의 일대일의 시간을 갖는 것이 가장 중요하며 이것이 성령의 충만을 유지할 수 있는 열쇠라고 믿습니다. 평신도든 교역자이든 상관없이 신앙생활에 있어서 가장 큰 핵심이라고 믿습니다. 아무리 바쁜 매일 매일의 삶일지라도 하나님과 보내는 시간, 하나님과의 관계를 유지하는 그 시간은 단지 성경을 읽는 것이 아니고, 단지 기도를 드리는 것이 아니라 그 성경 속에서 인격체이신 하나님을 만나고, 기도 속에서 하나님을 만나는 것입니다. 기도는 하나님과의 대화입니다. 이것이 날마다 이루어졌을 때에 그리스도인들은 자연스럽게 성령의 능력을 받아 참된 그리스도인의 삶을 살게 된다고 봅니다."

배 : "취미 생활도 즐겨하시는지요?"

강 : "제가 즐기는 취미로는, 테니스를 좋아하고, 풋볼(미국 사람들은 어릴 때부터 좋아하는데)을 좋아하지만 라스베가스 날씨로 인해 못하고 있고, 일주일에 두세 번 조깅을 하고 있습니다. 그 외 영화보기를 좋아합니다. 일주일에 한번은 아내와 함께 영화를 보는데 영화관에 갈 때도 있고 DVD를 빌려 집에서 볼 때도 있습니다.

또한 독서를 좋아합니다. 특별히 뉴욕 타임지에 소개되는 베스트셀러들을 가능하면 많이 읽으려고 노력하고 있습니다."

배 : "교회창립 30주년과 장로 장립, 권사 취임을 다시 한번 축하드립니다. 이제 끝으로 가족을 좀 소개해 주십시오. 사모님께서도 신학을 전공하신 것으로 알고 있습니다."

강 : "저희 가족은 아내와 딸이 셋 있습니다. 큰 딸 소연이

가 11살, 둘째 혜연이가 9살, 막내 주연이가 6살입니다. 스스로 참 행복한 가정이라고 느낍니다. 저를 잘 내조해 주고 아이들을 잘 키우고 있는 아내에게 늘 감사한 마음이 있습니다. 그리고 몇 년 전에 저희 어머님이 암으로 돌아가시고 아버님이 힘들어 하셨는데 현재 아버님을 모시고 함께 살고 있습니다. 저희 가족을 생각하면 참으로 감사합니다. 특별히 제 아내와 아이들을 생각하면 너무나 감사합니다. 제 아내도 신학을 했고 기독교 교육학을 전공했는데 저희교회의 교육부에서 도움을 주고 있습니다. 아내 또한 팀 사역의 일원으로 생각합니다. 그래서 너무 행복하고 감사합니다."

배 : "오늘 귀중한 말씀들을 해 주셔서 대단히 감사합니다. 목사님과의 인터뷰를 통해 '참 맑고 신실한 목회자'를 만났다는 기쁨으로 제 마음은 지금 크게 흥분되어 있습니다. 앞서 말씀하신 성령의 도움 안에서 살면 모든 것이 단순하고 쉽다는 말씀에 더 큰 공감을 갖습니다. 더 건강하시고요. 순복음 라스베가스 교회의 더 큰 활동을 기대합니다."

'First me가 아닌 After you의 정신'

배상환(이하 '배') : "안녕하십니까?

최근 몇 차례 댁으로 전화를 드릴 때마다 계속해서 여행 중이시다는 말씀만 전해 듣다가 드디어 어제 돌아오신 것을 알고 오늘 이렇게 만날 수 있게 되었습니다. 〈L&K 초대석〉이 오늘 박 선생님을 모시고 여러 가지 유익한 말씀을 듣고자 합니다. 대담에 앞서 이번 여행은 어떤 성격의 여행이셨는지 말씀 좀 해주시겠습니까?"

박문옥(이하 '박') : "안녕하세요? 오랜만입니다.

이번 여행은 2001년부터 관계를 계속 맺어 온 필리핀 파나이 섬의 일로일로시(마닐라에서 비행기로 1시간 거리에 있는) 있는 호산나 신학교에서 필리핀 신학생들을 가르치고 그 학교의 졸업생들이 개척한 20여 개의 현지 교회를 돌아보고 호산나 신학교에 관련된 일을 협의하기 위한 여행이었습니다."

배 : "아, 박 선생님께선 단순한 관광여행이 아닌 선교지를

다녀오셨군요.

제가 박 선생님이라고 칭하는 것이 실례가 되는 것은 아닌지 모르겠습니다. 수년째 필리핀 신학교에서 학생들을 가르치고 계시기에 교수님이라고 불러드려야 할 것 같기도 하고, 아니면 수년간 선교지를 직접 방문하시고 그곳에 체류하시면서 선교 사역을 감당하시기에 선교사님이라고 불러드려야 할 것 같기도 합니다.

라스베가스 한인사회에서 어느 정도 알만한 사람들은 모두 박 선생님을 '만물박사', '사랑의 사회봉사자' 라고 부르기도 합니다. 제가 생각컨데 이러한 별명들이 붙여진 것은 박 선생님께서 그만큼 박식하시고 모든 일에 진심으로 이웃을 도우셨기 때문이라고 생각됩니다. 사실 많은 교민들이 박 선생님에 대해 '저 분은 어떤 분인가?' 하고 궁금해 하기도 합니다. 본인에 관해 간략히 소개 좀 해 주십시오."

박 : "1949년에 인천(주안동)에서 태어나 이곳으로 이민 오기 전까지 인천에서 계속 살았습니다. 학교도 인천 중학교와 제물포 고등학교, 그리고 인하공과대학 화학공학과를 졸업하였습니다.

졸업 후 전공과는 거리가 먼 미국 회사 AMF사의 연초제조 기계부문의 한국 지사에서 첫 직장 생활을 시작한 후 보루네오 가구, 동화기업과 화창 실업에서 무역과 기획 파트에서 일을 하였습니다. 이후 1991년3월에 라스베가스로 오기 전까지 한국 전력의 원자력 발전소에 관련기기를 공급하는 미국 회사의 Agent로 일을 하였습니다.

91년에 이민을 왔으니까 내년이면 이민생활 19년째에 들어서고 이민 온 이듬해인 92년에 인수한 옷 수선과 구두 수선 전문점 'Come & See Shoe Repair and Alterations'을 지금까지 아내(박진선)와 함께 운영해 오고 있습니다.

저는 가끔 농담으로 제 자신을 '평생을 주 안에서 사는 사람'이라고 말을 합니다. 왜냐하면 인천 '주안'에서 태어나 '주안'에서 살았고, 한창 젊을 때는 '주(酒)안'에서 살았고, 예수님을 만난 후부터는 나의 구세주이시며 나의 주인이신 '주(主)안'에서 살고 있기 때문입니다."

배 : "체격이 크신 것으로 봐서 젊으셨을 때 운동도 많이 하신 것 같은데 학창시절의 관심과 활동에 대해 말씀 좀 해 주십시오."

박 : "제가 다닌 고등학교는 공부를 중시하는 학교이었기 때문에 전문 운동부는 없었지만 운동에 관심이 많아 육상부에서 단거리 선수로, 그리고 배구부에서 선수로 활동을 하였고 대학에서도 배구부에서 활동을 하였습니다. 중학교 때부터 아령을 가지고 대학교 때까지 몸을 단련한 것이 체격에 도움이 되었지 않았나 싶습니다.

대학에 다닐 때 인하공대의 학보사 기자로 일하였으나 그 당시의 여러 가지 상황 때문에 적극적으로 활동하지 못하였던 것이 지금까지도 아쉬움으로 남아있습니다."

배 : "어떤 계기로 미국으로 이민을 오시게 되셨나요?"

박 : "세 딸의 교육과 제 자신이 신학을 공부하였으면 하는 바람이 있었기에 이민을 결정하게 되었습니다."

배 : "이민 초기의 생활은 어떠하셨습니까?"

박 : "이민 첫해인 1991년은 한국에서의 일을 마무리 짓기 위해 대부분의 시간을 한국에서 보냈습니다. 그리고 92년에 지금의 가게를 하나님의 은혜로 인수하여 생활을 영위할 수 있었고 그나마 영어를 조금 할 수가 있어서 정착하는데 큰 어려움은 없었습니다."

배 : "언젠가 지역 신문에 '라스베가스의 모범 가정'이라는 제목 아래 박 선생님의 가족사진과 함께 잘 성장한 세 따님의 기사가 실린 것을 본 적이 있습니다. 제가 〈L&K 초대석〉을 지금까지 열다섯 번 진행하면서 항상 모신 분의 가족 이야기를 대담 후반부에 나누었는데 오늘은 제가 궁금하여 먼저 여쭙겠습니다. 세 따님에 대해 자랑을 좀 해주십시오. 이것은 결코 누구의 딸이 아닌 우리의 딸이라고 생각되기 때문입니다."

박 : "저보다도 더 훌륭한 자녀들을 두신 분들 앞에 자식 이야기를 한다는 것이 매우 부담스럽습니다.

저의 세 딸(정인, 상인, 영인)들은 자기들이 가고자 하는 길을 어렸을 때 스스로 결정하였습니다. 큰 딸은 큰 호텔의 사장, 둘째는 변호사, 셋째는 의사가 되겠다고 하여 저희 부부는 이를 위해 주님께 기도하였을 뿐입니다.

신실하신 주님은 신실한 믿음 생활을 한 딸들의 소원과 기도대로 은혜를 베풀어 주시어 현재 큰 딸은 M Resort에서 Hotel Manager로 일하고 있고, 둘째는 변호사로 일하고 있고, 셋째는 내년에 Medical School 진학을 위해 현재 준비 중에 있습니다. 굳이 자랑을 한다면 세 딸들이 고맙게도 학교공부를 잘하여 고등학교 때 첫째는 High-Honor로 둘째와 셋째는 전교 수석으로 졸업했습니다."

　배 : "미국생활 중 어떤 문제와 부딪쳤을 때 그것을 어떻게 처리해야 할지를 몰라 난감해 했던 적이 없는 사람은 거의 없을 것 같습니다. 그런 사람들을 위해 박 선생님께서는 언제나 친절하고 자상하게 안내를 해 주시고 심지어 어떨 땐 불편하신 몸임에도 불구하고 직접 나서서 그 일을 해결해 주시기도 하셨습니다. 어떻게 이런 일을 하시게 되는지요?"

　박 : "처음 라스베가스로 이민을 와서 무엇을 하려고 할 때 필요한 정보를 얻기가 쉽지 않아 미숙한 영어였지만 제 스스로 하나하나 어렵게 부딪치며 일을 처리하였습니다. 그러는 동안 신문과 잡지 등에서 얻은 자료와 실제로 겪은 경험들을 갓 이민을 오셨거나 도움이 필요한 사람들에게 나누었으면 좋겠다고 생각되어 정리해 둔 것이 계기가 되어 도움을 줄 수 있게 되었습니다. 그리고 한국에서 무역 관계로 영어를 익힌 것이 또한 도울 수 있는 계기가 되었습니다. 특히 차량을 구입할 때 딜러들이 이자율을 가지고 장난을 치는 경우들이 많아 차량 할부 구입에 대해서는 좀더 연구를 하기도 하였습니다."

　배 : "'한국인들은 합의를 잘 못 이루는 민족이다' 라는 우리를 향한 외국인들의 부정적인 이야기를 우리는 가끔씩 접합니다. 들어서 기분 좋지 않은 이야기임에 틀림없지만 한편으로는 긍정할 수밖에 없는 부분들도 많이 있다고 봅니다.

　박 선생님께서는 두 차례에 걸쳐 라스베가스 한인회장 선거의 선거위원장직을 맡아 깔끔하게 선거를 잘 치루셨습니다. 저 또한 한 차례 그 일을 맡았다가 회장 후보등록자가 없어 선거관리위원회가 선거도 치루지 못하고 해체된 적이 있습니다만, 라스베가스 한인사회에서 의견을 수렴하고 그것을 계획대로 일관되게 추진한 다는 것이 결코 쉬운 일은 아니라고 봅니다. 지나간 이야기입니다만 선거관리위원장 일을 맡아 하시면서 느끼셨던 소감 같은 것들을 이 시간 말씀해 주셨으면 합니다."

박 : "합의를 잘 못 이루는 것은 자신의 주장만이 옳고 타인의 의견을 경청하지 않으려는 데 있다고 봅니다.

두 차례 선거를 치르면서 선거에 관련된 모든 것은 한인회 정관과 한인회장 선거 시행 규칙에 준거하였고 명시되지 않은 사항은 사회에서 통용되는 선거에 관한 규정을 참고하였습니다.

먼저 양측 선거 관련 당사자들과 회의를 통하여 문제가 될 소지가 있는 것에 대하여 합의를 도출하고 이를 또한 적용하였기 때문에 두 번의 선거를 잘 치룰 수 있었던 것 같습니다. 그리고 합의된 모든 내용을 선거 관련 당사자들이 잘 이해하시고 잘 지켜주신 것 또한 선거를 잘 치르게 된 가장 큰 요인 중의 하나라고 생각합니다."

배 : "미국뿐만 아니라 세계경제 전체가 지금 크게 어려움에 처해 있습니다. 라스베가스 또한 그 어려움에 한 가운데에 있고요. 오늘의 어려움을 바라보는 시각이 남다르실 것 같은데 한 말씀 해 주십시오."

박 : "경제전문가가 아니라 말씀드리기 어렵지만 오늘 우리가 겪고 있는 이 어려움은 자기들의 배만을 채우기 위한 뉴욕

의 월가와 투기꾼들의 Mammonism(배금주의사상)이 원인이라고 생각됩니다. 또한 세상 사람들이 정신적 풍요를 추구하기보다 물질적 풍요를 지나치게 탐했던 것도 큰 요인이 되었고요. 인간의 탐심은 세상 끝 날까지 없어지지 않을 것이기 때문에 이러한 경제적인 어려움은 주기적으로 나타나리라고 봅니다."

배 : "현재 수년째 필리핀 선교지를 방문하시고 그곳 신학교에서 강의를 하고 계시는데 박 선생님께서는 어떤 계기로 신학 공부를 하시게 되셨습니까?"

박 : "저는 원래 유교를 숭상하고 미신을 믿는 집안에서 자라났기 때문에 어렸을 때는 교회 근처에도 가지 않았습니다. 목사님의 딸이었던 아내와 결혼을 한 후에도 기독교와는 거리를 두고 살았지만 하나님의 강권적이신 역사로 결혼 8년 만에 교회에 출석을 하게 되었습니다. 점차 믿음이 생기면서 막연하나마 세계 선교에 관심을 갖게 되었고 신학을 공부하고 싶은 생각이 들었습니다.

그러나 한국에서는 직장 생활을 하며 공부하는 것이 여의치 않아 이미 말씀드린 대로 이민을 결심하게 되었고 주님의 뜻을 알기 위하여 깊이 기도하는 중에 제가 해야 할 일이 선교이며 선교 가운데서도 선교지 현지인 전도자(Native Missionary)를 키우는 것으로 생각되어 늦었지만 베다니 신학대학원에 등록하여 신학연구 석사 과정을 마쳤습니다."

배 : "이번에 가서서 강의하신 과목들은 어떤 것들이며 신학생들에게 특별히 강조하는 것이 있으시다면 무엇입니까?"

박 : "이번에 강의한 것은 '성경은 무엇인가?', '왜 전도하여야

하는가?', '예수님은 누구이신가?' 그리고 '기독교는 무엇인가?' 등 네 과목이었는데, 순수한 열정으로 똘똘 뭉친 젊은이들과 함께 연구하며 공부하는 것은 참으로 제게도 즐겁고 유익한 시간이었습니다.

신학생들에게 성경은 '신앙의 제일 기준(Prima fidei regula)'이 아니라 '신앙의 유일 기준(Sola fidei regula)'이라는 것과 성경의 주제이신 예수님을 만나고 십자가 위에서 보여 주신 예수님의 참 사랑을 깨달아 사도 바울과 같이 영혼 구원에 온 몸을 바칠 것을 항상 강조하고 있습니다."

배 : "우리는 얼마 전 종교개혁 기념일(10월 31일)을 지냈습니다. 오늘의 기독교는 어떠하다고 생각하십니까? 혹, 개혁되어야 할 요소들은 없는지요?"

박 : "평신도로서 의견을 제시하기는 어렵습니다.

일반적으로 '기독교' 하면 '교회' 가 금방 따라옵니다. 그래서 세상 사람들은 기독교와 교회를 동일시하기도 합니다.

오늘날 교회의 위기는 거짓말에 기인한다고 봅니다. 어느 목사님이 말씀하신, 교회마다 교인 수를 부풀리고, 설교와 간증이 과장되고, 그리고 교회의 겉모습을 지나치게 강조한다는 말씀에 저는 동의합니다.

결국 진리를 수호하며 가장 진실 되어야 하는 교회가 진실됨을 잃어버린 것이 문제가 아닌가 싶습니다. 한 가지 더 말씀드린다면 교인의 숫자는 많지만 참 성도의 숫자는 그리 많지 않다는 것도 문제라고 봅니다.

해결책은 단 한가지입니다. 예수님의 참 제자가 되는 것입니다.”

　　배 : “오늘날 처한 기독교의 위기를 예수님의 참 제자가 됨으로 극복할 수 있다는 말씀에 동감합니다. 예수님은 우리에게 “너희는 세상의 소금이 되어라, 빛이 되어라” 라고 말씀하셨지만 현대인들은 “나는 오직 교회의 기둥이 되리라” 라는 생각으로 신앙생활을 하는 것처럼 느껴지기도 합니다.

　　성경이 말하는 참 기독교인의 모습은 어떤 것입니까?”

　　박 : “예수님의 삶에서 해답이 나옵니다.

　　겸손히 자기 십자가를 지고 사랑과 섬김의 삶을 살아가는 것이 참 기독교인의 모습이라고 봅니다.”

　　배 : “라스베가스 한인사회의 화합과 발전을 위해 항상 많은 관심과 염려를 하고 계신 것으로 알고 있는데 어떻게 해야 좀 더 나은 한인사회로 나아갈 수 있을까요?”

　　박 : “‘First me’ 가 아닌 ‘After you’ 의 정신으로 개개인이나 단체가 서로 양보하고 존중하고, 물질적인 풍요보다 정신적인 풍요를 더욱 더 추구해 나간다면 한인 사회가 더 발전하고 행복해지리라 생각합니다.”

　　배 : “박 선생님께서 계획하고 계신 앞으로의 일들을 말씀해 주실 수 있겠습니까?”

　　박 : “이제는 거꾸로 세는 나이가 되었습니다. 남은 생을 하나님의 선교 사역에 드릴 예정입니다. 먼저 필리핀의 호산나 신학대학을 Up-Grade 시키고 Build-up 하는 일과 그리고 현지에 세워진 교회들의 자립을 돕고 그 교회와 사역자들을 통하여 많은 영혼을 구원하는 일에 일차적인 목표를 두고 있으며, 주

님께서 허락하신다면 인도와 스리랑카에 세워진 현지인 신학교에 가서 신학생들을 가르쳤으면 합니다.

또한 미약하나마 시작한 'Come & See World Mission'이 하나님의 선교 사역에 도구로 쓰임 받을 수 있도록 Build-up하는 일들입니다."

배 : "이제 마지막으로 여쭙겠습니다. 인간은 어떻게 사는 것이 가장 잘 사는 것이라고 생각하십니까?"

박 : "저는 기독교인이기 때문에 성경에 근거하여 말씀드릴 수밖에 없습니다.

인간, 즉 사람이라는 단어는 가장 귀중한 단어입니다. 하나님이 하나님의 형상대로 창조한 것이 사람이기 때문입니다. 사람이 하나님의 형상을 닮았다는 말씀이지요. 따라서 가장 보람된 삶은 예수님을 자신의 구주와 주로 영접하고 하나님의 자녀가 되어 하나님이 주시는 평강의 복을 받아 주안에서 자족하며, 나누어 주며, 섬기며 사는 것이 가장 잘 사는 것이라고 생각합니다."

배 : "여행의 피로가 채 가시기도 전에 이렇게 무례히 대담을 진행한 것을 죄송하게 생각합니다. 오늘 귀한 말씀 감사하고요. 올 해가 다 가기 전에 한번 편하게 만나 좀 더 희망적이고 발전적인 이야기를 나누게 되기를 기대합니다. 다시 한번 감사드립니다."

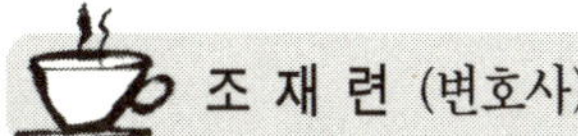

"많은 사람들의 어려운 일들을 보기에
전 작은 일에도 행복해 합니다"

배상환 원장(이하 '배') : "안녕하셨습니까? 벌써 12월입니다.
계속되는 경제 불황으로 우리의 하루하루의 삶은 어렵고 힘
들고 지쳐있는데도 시간과 계절은 우리의 이러한 처지를 아는
지 모르는지 한 치의 오차도 없이 빠르게 흘러가고 있어 야속
하게 느껴지기도 합니다.

사람들은 호주머니에 돈이 좀 있을 땐 강한 한파가 불어 닥
쳐도 그렇게 추위를 느끼지 않지만 호주머니에 돈이 없을 땐
기온이 조금만 내려가도 심하게 추위를 느끼게 됩니다. 그리고
내 고향 집에 있을 땐 옷을 좀 잘 차려 입지 못하고, 먹을 것
을 제대로 먹지 못해도 그렇게 배고픔을 느끼지 않지만 타향에
서 돈 떨어지고, 배고프고, 추위까지 닥칠 때 그때 느끼는 서
러움이란 이루 말로 다 할 수 없지요. 요즘 우리 이민자들의
삶이 그런 것은 아닌가 하는 생각도 해 보며 올 겨울이 더욱

걱정스럽기도 합니다.

문화가 다르고, 언어가 서툴고, 법규마저 제대로 알지 못한 채 살아가는 우리들이기에 오늘 〈L&K 초대석〉이 우리 지역의 자랑스러운 한인 변호사 조재련 변호사님을 모시고 말씀을 듣게 된 것을 대단히 기쁘게 생각합니다.

땡스 기빙과 연말이 겹쳐 여러 가지로 바쁘실 텐데도 이렇게 시간을 내어 주셔서 대단히 감사합니다."

조재련 변호사(이하 '조') : "이런 자리에 초대해주셔서 우선 감사드립니다. 그런데 제 분수에 넘치는 소개를 해주셔서 마음이 불편하군요."

배 : "먼저 조변호사님 자신에 대해 간략히 소개 좀 해 주십시오."

조 : "저는 1983년에 서강대학교 정치외교학과를 졸업했습니다. 그 후 사회학을 대학원과정에서 공부하면서 대학 시간 강사생활을 하다가 1988년 결혼 후 뉴욕으로 유학을 왔습니다. 공부하다가 아이를 낳았는데, 갓난아기를 어떻게 키우는지 몰라서 쩔쩔매다가 친정 부모님께 도움을 청하려고 일단 공부를 중단하고 1990년 초에 한국으로 돌아갔죠. 그때 남편은 혼자 뉴욕에 남아있었는데, 그 후 제가 뉴욕은 겨울이 너무 춥고 전철타고 학교 다니는 것이 너무 힘들어서 미국으로 돌아가고 싶지 않다고 하니까 남편이 그러면 날씨가 따뜻한 라스베가스라는 곳으로 가보자고 제안하더군요. 남편 따라 따뜻한 곳에 가서 아이 키우면서 적당히 공부하여 학위를 받으면 한국으로 돌아가겠다는 막연한 목표를 세우고 1991년에 이곳으로 이주하였

습니다. 아이 하나 키운다는 핑계로 학업계획을 계속 미루며 게으름을 피우다가, 2000년 아이가 초등학교를 마칠 때 그 동안 피운 게으름을 한꺼번에 복구하겠다는 각오로 전공을 바꾸어 이곳 UNLV의 Law School에 진학하였습니다. 3년 과정의 law school을 마치고 2003년에 변호사 자격증을 딴 후 Jimmerson Hansen, P.C.라는 법률회사에 취직하여 변호사 생활을 시작하였습니다. 2005년 말 같은 직장 동료였던 Charles Odgers라는 변호사와 독립하여 법률사무소를 함께 차려서 활동하다가, 2008년에 law school 친구였던 Alice Denton 변호사가 일하는 Denton Lopez라는 법률사무소에 합류하여 현재 Denton Lopez & Cho라는 이름의 작은 법률회사를 운영하고 있습니다."

배 : "많은 사람들은 전문 법조인이 되기 위해 학부 때부터 법대로 진학하여 법학 관련 공부과정을 쌓아가는 것에 비해 조변호사님께서는 학부에서는 정치학, 대학원에서는 사회학을 전공하신 다소 특이한 공부 전력을 가지고 계시군요. 법학으로 전공을 바꾸시게 된 동기는 무엇입니까?"

조 : "저는 나이가 들어서 law school에 갔는데, 물론 어떤 한 특별한 계기가 있어서 법학공부를 하겠다고 갑자기 결정한 것은 아닙니다. 젊어서 법사회학을 공부한 적이 있어서 법에 대한 관심이 평소에 있었죠. 1997년 네바다에서 처음으로 law school이 생긴 후, 어릴 적 부모님께서 그리도 바라셨던 법대 진학을 늦게나마 해서 효도를 해볼까 하는 생각을 해보았지요. 그 외에 미국에 살면서 법률문제를 상담하기 위해 한국 분들이 변호사를 만날 때 통역을 종종 해드렸는데, 사실 법률문제라는

것이 통역이 불가능할 때가 많았죠. 언어의 문제가 아니라 문화와 법체제의 차이로 인해 아무리 통역을 정확히 해도 의사소통이 제대로 안 되는 경우가 대부분이었습니다. 제가 중간에서 한국인 고객한테는 미국 법에 대해 설명해주어야 되고 미국인 변호사한테는 한국문화에 대해서 장황하게 설명해서 이해 시켜야 하니 차라리 제가 변호사가 되는 게 낫겠다는 생각이 들었지요. 나이도 들었고 영어로 미국의 법을 공부하는 게 쉽지 않을 거라고 걱정도 되었지만, 실제로 해보지 않고 얼마나 어려운지 어떻게 알겠나 싶어 일단 law school에 가서 알아보기로 했습니다."

배 : "나이 들어 시작하신 법학 공부라 공부 중에 어려움도 많으셨으리라 생각됩니다."

조 : "제가 law school에 간다는 말을 듣고 친구들이 영어로 미국 법을 배운다는 게 너무 어렵지 않겠냐고 걱정하더군요. law school 들어간 후 처음에는 교수님 몇 분과 학교 동료들이 저한테 외국어로 외국법을 배운다는 게 상상할 수 없다며 자기네들이 도울 일이 있으면 언제라도 부탁하라고 했어요. 사실 법학공부가 처음에는 너무 어려워서 도대체 언어가 문제인지 법학 자체가 문제인지 알 수조차 없었지만, 주위를 가만히 보니 저뿐 아니라 다른 학생들도 모두 어려워했습니다. 따지고 보면 세상에 어렵고 고생스러운 일이 얼마나 많은데 공부하는 것만큼 편한 게 어디 있다고 투정을 하랴 생각하고 어렵다는 생각을 버렸습니다. 걱정으로 시간을 보내는 대신 공부에만 전념했더니 첫 학기에 몇몇 수업에서는 1등도 하고 장학금도 받

았답니다.

　제가 법학공부를 끝마칠 수 있었던 가장 큰 이유는 가족의 성원이었습니다. 워낙 수업부담과 공부 양이 많아서 가족과 보내는 시간이 별로 없었지만, 저의 아이나 남편이 헌신적으로 저를 도와주었습니다. 대부분의 법률서적들은 굉장히 무거워서 책 서너 권 들고 다니면 어깨가 내려앉을 것 같고 무릎이 아파왔는데, 수업이 많은 날에는 남편이 책가방을 교실까지 운반해 주었습니다. 변호사자격증 시험을 대비할 때는 엄마의 순발력을 키우기 위해 당시 중학생이었던 제 아이는 매일 밤 법률퀴즈카드게임으로 저를 훈련시켜 주었습니다.”

　배 : “법조인이 되기까지의 과정을 다 마치시고 판사, 검사가 아닌 변호사의 길을 선택하신 이유라도 있습니까?”

　조 : “미국은 한국과 달리 판사를 선거를 통해 선출하므로, 변호사나 검사도 선거에 출마하여 판사가 될 수 있습니다. 판사를 하다가도 선거에 떨어지면 다시 변호사로 돌아가지요. 검사도 정부의 월급을 받으며 정부를 대변하는 변호사를 말하는데, 알고 보면 모두 변호사입니다. 일단 변호사자격증을 따면 저절로 변호사가 되고, 그 후에 정부에 취직하여 검사가 될 것인가, 아니면 선거에 출마해서 판사가 될 것인가를 선택할 수 있습니다. 저는 판사나 검사직은 별로 적성에 안 맞을 것 같습니다.”

　배 : “제가 또 무식해서 여쭙는 말씀입니다. 의사들이 자기 전공분야에서만 진료를 하듯 변호사들도 자기 전문 분야에서만 변호할 수 있는 것인지요?”

조 : "특허법이나 해양법 등 몇몇 특정분야를 제외하고 변호사는 모든 분야를 다 알아야 자격증을 딸 수 있고, 변호사법상으로 자신이 어떤 한 분야에 전문인이라고 내세우거나 광고를 하지 못하도록 되어 있습니다. 그러나 한 변호사가 모든 분야를 다해야 되는 것은 아니며, 자신이 익숙하지 않은 분야는 하지 않아도 됩니다. 다만 자기만이 특정분야의 전문가라고 자처하여 사람들한테 오해를 일으키는 것은 금지되어 있지요. 즉 의사는 '전문의'가 있지만 변호사는 한 분야의 '전문가'가 될 수 없습니다."

배 : "대한민국 서울 서초동에 있는 대법원 1층 중앙 홀에는 우리가 어디서나 쉽게 잘 볼 수 있는 오른손에 양팔저울을 왼손에 법전을 들고 있는 '정의의 여신 상'이 있습니다. 법을 적용함에 있어 공평하게 하라는 뜻으로 알고 있습니다. 그런데 이 그리스 로마 신화에 나오는 법의 여신 디케는 두 눈을 두건으로 가리고 있는데 그것은 무엇을 의미하는지요?"

조 : "제 경우 법학을 공부한다는 것은 '법의 여신상'의 의미를 찾으려고 씨름 하는 것과 같다고 생각합니다. 법의 여신상 개념은 그리스 로마시대 이전에 인류최초의 문명이라는 메소포타미아에서 생겨서 시대와 장소에 따라 표현형식이 변해갔다고 하더군요. 한 손에 법전을 들고 있고 다른 한 손에는 저울을 든 모습도 있지만 법전 대신 칼을 든 모습도 있지요. 사람마다 다른 의미를 부여할 수 있겠지만, 저는 한때는 법전이 더 적당한 표현이라 생각했는데 요즘은 법전보다 칼이 더 적당하지 않나 하는 생각이 들고 미국대법원 건물에 있는 법의 여

신상도 칼을 들고 있습니다. 법의 심판은 인정사정이 없으니 조심하라는 사전 경고같이 느껴집니다.

미국에서 흔히 볼 수 있는 '법의 여신상'의 모습 중 또 하나 중요한 특징은 앞서 말씀하신 눈을 두건으로 가리고 있다는 것인데, 장님이 아니라면 법 앞에 불려온 개개인들을 옆 눈으로라도 슬쩍 볼지 모르니 아예 두건으로 눈을 가린 후 법 심판을 하겠다는 의지를 보여줍니다. 저울로 인간의 행동을 심판해야지 사람 자체를 심판해서는 안 된다는 것입니다. 서구의 법정의 개념이 한국인이나 다른 문화권에서 이민 온 사람들한테 장벽처럼 느껴지는 것이 바로 이 순간입니다. 한국인 고객 중 판사가 어떻게 저렇게 나쁜 사람한테 벌을 주지 않는지 또는 자기처럼 순진하고 불쌍한 사람을 봐주지 않는 것을 의아해 하거나 미국 사람들은 정의감이 없다고 푸념하는 분들이 있지요. 미국의 법정의 개념은 법을 형평성 있게 적용하는 방법을 찾으려는 노력의 결과입니다. 그래서 정치이념이나 도덕적 색깔이 짙은 사회정의하고 의미가 다르다고 봅니다."

배 : "저는 아직도 몇 년 전 조변호사님이 클락 카운티 특수부 검사로 있던 젊은 한인 크리스 리가 노스 라스베가스 치안판사로 출마했을 때 한인들의 선거참여를 위해 큰 서류가방을 들고 뛰어 다니시던 모습을 기억합니다. 그 당시 그 일을 하면서 느낀 한인사회의 인상은 어떠했습니까?"

조 : "당시 크리스 리뿐 아니라 크리스 리 당선을 위해 단결한 한인사회가 더욱 자랑스러웠습니다. 변호사를 하다 보니 정부 일, 특히 사법부나 입법부의 활동을 주시할 기회가 많은데,

흔히 이민자들은 자기 본국의 정치과정에는 관심을 가지면서 자기들이 살고 있는 지역사회의 정치과정은 남의 일처럼 쳐다 보지요. 자신들은 미 주류사회에 속하지 않고 정치는 주류에 속한 사람들의 몫이라 생각하는데, 저는 이민자들이 이곳에서 경제적으로 성공하고 그러한 성공을 다음 세대까지 지속시키려면 정치과정에 참여해야 된다고 믿습니다. 크리스의 출마를 통해 한인사회가 지역정치 참여에 관심을 더 많이 갖게 되고, 또 하나는 지역 정치권에 한인사회가 정치세력이 될 수 있다는 것을 보여주는 계기가 되었으면 좋겠다고 생각했지요. 크리스가 다른 후보보다 훨씬 많은 선거자금을 동원하여 한인이나 아시안이 별로 살지 않는 노스 라스베가스에서 당선되는 것이 정치권에 보낼 수 있는 중요한 메시지였지요. 앞으로 판사 직 뿐 아니라 국회나 다른 정치부문의 선거에 출마하는 훌륭한 한인 2세들이 더 많이 나오면 좋겠고, 그럴 때마다 한인사회가 우리의 후보 뒤에서 단결하여 힘을 과시할 수 있기를 바랍니다."

배 : "실례의 말씀입니다만, 변호사에 대한 일반인들의 이미지는 그리 좋은 것만은 아니라고 봅니다. 그 이유는 어디에 있다고 봅니까?"

조 : "변호사는 고객을 대신해서 싸우는 사람이니 적이 많게 마련이고, 고객의 마음에 들게 싸우지 못하면 자기 고객한테도 미움을 받게 되지요. 그래서 변호사들은 15%정도의 사람들한테만 미움을 받지 않으면 성공했다고 생각해도 좋다고 하더군요.

고객들한테 미움을 받는 이유 중 또 하나는 변호사비용이 과다하다는 생각 때문이지요. 물론 자기가 일한 것에 비해 비용을 과다하게 물리는 변호사도 있을 것이고, 때로는 고객들이 무계획적으로 변호사한테 쓸데없는 일들을 과다하게 부탁하고 나서 변호사비가 많이 나오면 화를 내는 경우도 있습니다. 과다한 변호사비용으로 시달리지 않으려면 일을 의뢰하기 전에 미리 변호사와 비용문제를 상담하여 변호사가 할 일과 자신이 할 일을 예산에 맞추어 계획하고 변호사가 효율적으로 짧은 시간 내에 많은 일을 해낼 수 있도록 최대한 협조해주는 것입니다.”

배 : “어느 나라를 막론하고 많은 부모들은 자신의 자식이 성장하여 법조인으로 살아가기를 희망하고 있습니다. 특히 우리 한국 부모들은 더욱 그러하다고 봅니다. 직업으로서의 변호사는 어떻다고 생각하십니까?”

조 : “변호사는 일종의 신분과 같아서 변호사로 일을 하지 않아도 변호사이지요. 그래서 변호사가 법률 직을 그만 두고 정치인으로 변신하거나 사업가가 되어도 변호사법의 규제를 계속 받습니다. 가령, 변호사출신 정치가가 뇌물을 받거나 위증죄로 구속된다면, 형사처벌을 받던 안 받던 출신 주 대법원으로부터 변호사법위반으로 징계를 받지요. 미국에서 성공적인 정치인이나 고위직 경영인들 중 변호사 출신이 가장 많은데, 그 이유는 변호사는 법이 허용하는 범위 내에서 합리적인 결정을 내리는 방법을 전문적으로 훈련 받은 사람이기 때문이 아닌가 생각이 듭니다. 변호사가 되고 나서 보니 사실 대부분의 변호사가 권세가 있거나 돈을 많이 버는 것이 아니고, 변호사 직

이 오히려 사람들로부터 미움을 받거나 일로 인해 스트레스를 많이 받는 직업이더군요. 그렇지만 만일 저의 아이가 법학을 공부해 변호사가 되겠다면 적극 지원할 것 입니다. 변호사가 할 수 있는 일의 범위가 넓고 분야도 다양해서 자기가 적성에 맞는 분야를 선택할 수 있는 기회도 많습니다. 그리고 한번 변호사가 되면 직장은 이곳저곳으로 바꿔 다니더라도 죽을 때까지 평생 변호사로 살게 되죠. 물론 변호사가 백만장자가 되는 길은 아니지만, 돈 이외에도 추구해 볼만한 가치가 있는 것이 많이 있습니다. 법정의의 실현도 중요한 가치입니다. 게다가 변호사가 아주 돈을 못 버는 직업은 아니랍니다."

배 : "조변호사님께서는 생활 중 어떤 때 가장 큰 행복감을 느끼십니까?"

조 : "법정 싸움을 직업으로 하다 보면 제 일상생활이 소송의 결과에 따라 좌우되지 않도록 노력을 많이 합니다. 그런데도 어쩔 수 없이 감정적으로 되어서, 고객이 바라는 결과를 받아내면 좋아서 일주일 정도 다른 일을 못하고 반대로 소송에 지면 괴로워서 약 한달 간 잠을 잘 못자죠. 얼마 전 미국 최고의 소송변호사에 관한 글을 읽었는데, 30년 동안 백건이 넘는 소송 케이스를 맡아 해왔는데 아직도 20년 전에 크게 진 케이스 때문에 한밤중에도 벌떡 일어나 식은땀을 흘린다고 하더군요. 변호사로서 다른 사람들의 큰 문젯거리나 불행한 이야기들을 많이 들으며 지내다 보니 제 개인 생활에서는 작고 시시한 일에도 행복해 합니다."

배 : "서두에서도 말씀 드렸습니다만, 계속되는 경제 불황으

로 많은 사람들이 힘들어하고 있습니다. 힘들어하고 있는 우리 한인 이웃들에게 이 위기를 헤쳐 나갈 수 있는 지혜의 한 말씀 좀 해주십시오."

　조 : "저는 지난 10여 년간 라스베가스의 한인경제뿐 아니라 아시안 경제가 성장해가는 것을 지켜보면서 무척 자부심을 가졌습니다. 동양인들은 타 인종보다 똑똑하고 열심히 일해서 빨리 성공할 뿐 아니라 자식교육을 잘 시켜서 타 인종의 모범이 되니까요. 이번 경제 불황으로 아시안 경제도 많은 타격을 받았지만, 한국인이나 다른 동양인 이민자들은 워낙 인내심이 강하고 도전정신이 있어서 경제 불황을 이겨내려 싸우는 과정에서 오히려 내부적으로 더욱 강단이 있고 견실한 경제로 한 단계 뛰어넘을 수 있는 계기를 찾을 거라고 봅니다. 제 고객 중에도 자영업을 하시는 분이 많이 계신데 어떤 분들은 오히려 이번 불황을 기회로 이용해보려는 분도 계시지요. 비즈니스의 아이템을 바꾸어 본다든지 업종을 전환하여 새로운 환경에 적응하시는 분도 계시고, 동일 업종이라도 경영방식을 바꾸어 규모 확대 보다는 비용효율성을 중시하여 과거 급성장 동안 생긴 거품을 제거하는데 초점을 두시는 분도 계십니다. 경제전문가는 아니지만, 불황추세가 어느 정도만 안정되면 한인경제나 아시안 경제는 누구보다도 빨리 재기할거라고 생각합니다."

　배 : "이제 끝으로 가족을 좀 소개해 주십시오."

　조 : "저는 1988년 봄에 대학원에서 사회학을 같이 공부하던 조병택씨와 결혼하여 벌써 21년이 넘도록 같이 살고 있고, 1989년 가을에 아들이 하나 태어났는데 이름은 Dan Jahyou

(자유) Cho입니다. 아들은 대학 3학년으로 현재 뉴욕 콜롬비아 대학에서 영문학을 공부하고 있습니다."

배 : "오늘 대담은 제가 마치 강의실에서 존경하는 교수님의 강의를 듣는 듯 진지하고 흥미로웠으며 지금까지 어렴풋이 알고 있던 변호사의 세계를 좀 더 구체적으로 알 수 있는 기회가 되어 너무 행복했습니다.

더욱 건강하시고요. 언제까지나 좋은 변호사, 정의로운 변호사로 우리 곁에 든든히 계셔 주시기를 바랍니다. 대단히 감사합니다."

김 윤 정 (한국학교 교감)

"아이들은 사랑을 먹고 자랍니다"

배상환 원장(이하 '배') : "안녕하셨습니까? 새 해 복 많이 받으십시오.

계속되는 미국 경제의 불황 가운데 이곳에서 살고 있는 우리 한인들의 경제 또한 현재 크게 어려움에 처해 있다고 봅니다. 모두가 힘들어하고 심지어 어떤 이들은 한국으로 다시 돌아가는 현상까지 일어나고 있으니 안타깝기 까지 합니다.

미국의 불황은 아직도 그 불황의 늪을 빠져나갈 방향조차 확실히 잡지 못하고 있는 것 같지만 우리의 조국 대한민국은 전 세계에서 가장 빠르게 이 불황에서 벗어나고 있는 것 같아 그나마 다행스럽게 생각됩니다. 이번 일을 보며 세계의 많은 사람들은 한국이 이 불황에서 가장 먼저 벗어날 수 있었던 것은 한국의 높은 교육열의 결과라는 진단을 하고 있기도 합니다. 오바마 미국 대통령도 최근 몇 차례에 걸쳐 미국 교육이 한국 교육의 우수성을 본받아야 한다고 말하기도 했습니다.

오늘은 한국에서 중등학교 영어교사로 근무하셨으며 미국 대학원에서 교육학을 전공하셨고 현재 두 청소년 남매의 어머니이신 동시에 순복음 라스베가스 한국학교 교감으로 수고하시는 김윤정 선생님을 모시고 우리가 처해 있는 교육 환경과 교육의 중요성, 그리고 교육과 관련된 여러 가지 말씀들을 듣고자 합니다.

연초에 여러 가지로 바쁘실 텐데도 오늘 이렇게 시간을 내어주셔서 감사합니다.”

김윤정 교감(이하 '김') : “새해 복 많이 받으십시오.

귀한 지면에 초대해 주셔서 대단히 영광으로 생각합니다. 제 자신 아직 부족한 것이 많은 사람이지만 우리의 2세들을 위해 함께 생각해 보자는 말씀에 용기를 내어 이 자리에 나왔습니다.”

배 : “지난 1월 1일자 '라스베가스 리뷰 저널' 1면 톱기사의 타이틀이 “2010 아멘” 이었습니다. 경제회복을 바라는 라스베가스 전 시민들의 소원이 다 이루어지길 바란다는 뜻에서 사용한 아멘이기에 저 또한 크게 공감하며 마음속으로 아멘을 한 번 더 외치기도 했습니다.

김 선생님의 새 해 소망은 무엇입니까?”

김 : “저는 하나님을 믿는 사람으로 제 삶을 인도하시는 하나님의 초자연적인 은혜와 축복을 간구하고 2010년에는 하나님의 말씀을 더욱 가까이 하기를 소망합니다.

또한 전 세계적인 경제난이 회복되고 라스베가스가 더욱 살기 좋은 곳이 되기를 원하며 특별히 이곳에서 자라는 우리의

2세들이 가정과 주위 어른들의 깊은 사랑과 관심 속에서 잘 성장하기를 소망합니다."

배 : "먼저 김 선생님 본인에 대해 간단히 소개 좀 해 주십시오."

김 : "저는 1966년 서울에서 1남 3녀 중 셋째로 나서 자랐고 1992년 버지니아 주로 도미하여 1995년 일리노이 주에서 살다가 2001년 라스베가스로 이주하였습니다. 가족으로는 컴퓨터 엔지니어며 건축회사를 운영하는 남편 김건순씨와 딸 채현, 아들 현수를 두고 있습니다.

성공한 사업가로 일본 무역에 평생을 쏟으신 친정아버지와 교육에 절대적으로 헌신하신 친정어머니의 영향으로, 가르치고 배우는 일이 우리가 살면서 할 수 있는 가장 가치 있는 투자임을 깨닫고 그것을 실천하려 노력하며 살고 있습니다.

한국에서는 영문학을 전공하여 중학교 영어교사를 하였고 미국에서는 교육학 공부를 하였습니다. 예전에는 교사로서 그저 직업적으로 일을 했고, 관심은 있었지만 제 자신에게 교육의 열정이 있는 것을 발견한 것은 불과 5~6년 정도이고 특별히 라스베가스에 살면서 열정을 키우게 되었습니다."

배 : "한국에서 영어교사도 하셨고 미국유학 뿐만 아니라 현재에도 교육 현장에서 학생들과 가까이 계신데, 한국의 교육제도와 미국의 교육제도 가운데 가장 큰 차이점이라면 무엇이라고 생각하십니까?"

김 : "한국의 교육이 많이 발전하였지만 아직도 획일적이고 주입식인 것은 사실입니다. 암기위주의 교육이 언어교육(외국

어)에서는 효과가 있지만 창의력을 요구하는 과목(수학, 과학)에서는 효과를 보기 힘듭니다.

반면에 미국교육은 모든 과목에서 자율성과 창의성을 중시 여기며 협동학습(공동프로젝트)을 통하여 사회성을 길러주는 것을 교육의 기본 방향으로 합니다.

저의 소견으로는 미국과 한국의 교육제도의 가장 큰 차이는 교육을 실시(접근)하는 관점의 차이가 가장 크다고 봅니다. 물론 사회제도와 문화가 다르니까 당연한 것이기도 합니다.

2년 전에 한국의 교육과학 기술부에서 파견된 대표단(한국10개 도시) 열다섯 분이 미국의 공교육 제도와 과정을 배우기 위하여 라스베가스를 방문하셨습니다. LA교육원의 요청으로 제가 Spring Valley High School로 모시고 가서 Mr. Bob Gerye 교장님과 교직원 및 클락 카운티 교육구의 담당자가 준비해주신 4시간 동안의 학교소개 및 네바다 주 공교육 제도를 배우고 질의응답을 하는 시간을 가졌습니다.

저는 그날 대한민국 교육부 대표단(교사, 장학사)의 배우려는 열성과 관심에 놀랐고 이런 부분에서 한국교육의 미래가 밝게 느껴져 매우 기뻤습니다.

교사가 배우는 자세를 잃지 않을 때 교육의 최고 효과가 나타날 수 있기 때문입니다.

또한 클락카운티 교육구에서 대표단을 위해 준비한 여러 자료들 및 치밀한 일정과 손님을 대접하는 친절함에 감탄이 절로 나왔습니다.

미국문화 속에 살면서 이런 경험을 한 것이 얼마나 감사한

지 아직도 마음에 큰 감동으로 남아 있습니다. 그리고 무엇보다도 제가 양국의 현 교육제도에 대하여 많은 것을 배운 것이 큰 도움이 되었습니다.

교육은 인간을 인간답게 하는 가치 있는 일이므로 국가와 민족, 세대를 불문하고 교육은 어느 사회에서나 반드시 이루어져 나가야 할 것입니다."

배 : "앞서 말씀 드렸듯이 청소년 연령의 두 자녀를 두고 계시며 또한 역사가 오래된 순복음 라스베가스 한국학교 교감으로 수년간 수고하고 계신데 직설적으로 말씀을 드려 라스베가스에서 자녀교육을 시키는 것에 대해 염려하는 한인들이 많이 계신데, 어떻게 생각하십니까?"

김 : "사실입니다. 라스베가스에서의 자녀교육은 타 도시와 비교하여 어려움이 꽤 많습니다. 제가 처음 이사 와서 이곳에서 오래 사신 분들과 대화를 나누면서 자녀교육을 걱정하는 이야기를 많이 들었는데 사실 그때는 왜 걱정을 하시는지 깊게 이해되지 않았지만 이제는 확실히 알게 되었습니다.

사람은 환경의 지배를 받는 존재인데 특별히 성장 과정에서의 교육환경은 사람의 일생을 좌우 할 정도로 큰 영향을 미치는 것이 사실입니다.

라스베가스에서 자라는 우리 아이들에게 주어진 주변 환경은 결코 도움이 되는 것이라고 볼 수가 없습니다. 그러나 제가 믿는 것은 사람이 환경에 영향을 받지만 어느 곳에 있든지 가정이 건강하고 부모님과 주위 어른들 그리고 속해 있는 학교, 기관, 교회의 지속적인 관심과 사랑이 있다면 비록 교육환경이 열악할지라도 우리 아이들은 바르게 자랄 수 있다고 확신합니다.

오히려 나쁜 조건과 환경으로 인하여 어른들의 경각심을 일깨우고 주위의 관심을 더 끌 수 있을 것이라고 생각합니다.

그러나 문제는 어느 도시를 막론하고 어른들의 무관심에 방치된 아이들입니다. 부정적인 관심이 무관심보다 낫다 고 할 정도로 무관심은 인간을 해치는 것입니다. 라스베가스에도 그렇게 자라나는 아이들이 상당히 많은데 이곳에서는 그런 아이들이 유혹에 빠지고 위험에 노출될 확률이 타 도시에 비하여 더 많은 것이 안타까울 따름입니다."

배 : "저도 한국에서 20여 년간 중학교 음악교사로 재직한 적이 있어 당시 학생들과 그들의 꿈에 관해 많은 이야기를 나눈 적이 있습니다만 오늘날 미국 청소년들의 꿈, 관심, 또는 특성은 무엇이라고 보십니까?"

김 : "제가 미국 청소년들의 꿈과 희망사항을 한마디로 말하기는 어렵습니다. 세계 최강대국인 미국에서 자라는 청소년들은 하나님의 큰 축복을 받은 아이들임에는 분명합니다. 이곳에서 아무리 어렵고 힘들게 산다 할지라도 아직도 굶주리고 어린 나이에 총대를 메고 전쟁터에서 삶을 위해 투쟁하는 지구 반대편 나라들의 청소년들과 비교하면 말입니다.

미국교육의 기본은 다양한 민족의 문화를 수용하고 연합하여 새로운 강력한 국가 공동체를 만들어 가며 학교교육과 사회제도를 통하여 공동체에 알맞는 훌륭한 인성을 지닌 시민을 길러내는 것입니다. 이와 같은 교육을 받은 아이들은 최고의 전문직

종에 종사하는 것을 가장 성공했다고 말합니다. 아이들의 관심사는 매우 다양하지만 특별히 정보산업(Information Technology)과 Computer 등 기술관련 산업과 지구온난화 등 자연보호운동 등에도 많은 관심을 가지고 있습니다.

요즈음 아이들과 이야기해보면 제가 자랄 때와는 분명히 많은 차이가 있습니다. 현 세대가 인터넷 세대라서인지 매우 현실적이고 직설적입니다. 꿈에 부푼 미래와 상상의 세계를 생각하고 도전하려는 의욕을 키우기 보다는 실질적으로 눈으로 보이고 귀로 들리는 것에 집중하고 행동을 합니다.

한마디로 참고 기다리는 것을 매우 불편하게 생각하는 세대라고 느껴집니다. 이런 청소년들의 특성에 대하여 비판의 소리도 있지만 오늘의 청소년들에게는 당연한 것이고 어른들이 아이들의 눈높이에서 먼저 이해하고 맞추어 나가야 할 부분이라고 생각합니다."

배 : "제게는 두 아들이 있는데, 큰 아이는 중3, 작은 아이는 중1을 마치고 미국으로 이민을 왔습니다. 이민 초 저와 제 아내는 생전 처음 해보는 세탁소 일에 지쳐 두 아이에게 관심을 보일만한 시간적, 경제적 여유가 전혀 없었습니다. 그래도 두 아이가 잘 성장하여 지금은 결혼하여 자식을 둔 가장으로 살아가고 있는 것이 고맙기만 할 뿐입니다. 지금도 가끔 당시 아이들을 보살피지 못한 미안함과 잘 못된 길로 빠졌더라면 어쩔 뻔했나 하는 아찔한 생각이 들기도 합니다.

이민 가정에서 자녀교육을 어떻게 시켜야 한다고 보십니까?"

김 : "말씀하신 부분이 이민가정의 가장 큰 고충이라고 생각

됩니다. 미국에 정착하는데 급급한 이민 가정에서 자녀들을 돌볼 정신적, 육체적 여유가 없는 부모님들은 자녀들과 많은 시간을 보내지 못하고 어느덧 성장해 버린 자녀들을 바라보며 미안함과 감사함을 동시에 느낍니다. 그러나 부모님들이 자식을 향한 그런 연민의 마음이 있을지라도 부모님이 열심히 사신 그 모습을 통해서 아이들은 존경과 감사를 배우게 됩니다.

부모로서 자녀들에게 줄 수 있는 가장 큰 가르침 중에 하나는 주어진 삶에 최선을 다하는 태도입니다.

혹시라도 자녀들이 청소년기에 잠시 어려움을 겪고 나쁜 길로 들어섰더라도 부모가 성실히 바른 삶을 살아가는 모습을 보며 자란 자녀는 빠른 시간 내에 제자리로 돌아옵니다.

건강한 가정은 부부가 사랑하고 자녀의 실수를 용서하고 누구나 잘못할 수 있다는 이해와 용납의 관계가 쌓여져 있는 곳입니다.

비록 자녀들에게 시간과 물질을 풍족히 주지는 못했을지라도 이런 건강한 가정에서 자란 아이들은 바른 인성을 지닌 성인으로 성장하게 됩니다.

요즈음은 사회적으로 이혼율이 갈수록 높아 감에 따라 깨어진 가정에서 자라는 아이들이 점점 늘어나고 있습니다. 부모의 이혼은 성장기 아이들에게는 큰 충격임에 분명합니다. 그러나 깨어진 가정에서 자라는 아이들도 부모의 지속적인 사랑과 주위의 관심이 있다면 바른 길로 인도될 것입니다. 나무에 물을 주어서 꽃을 피우고 열매를 맺듯이 아이들은 사랑을 먹고 자랍니다.

제가 여기서 강조하고 싶은 것은 부모의 자녀에 대한 지속적인 사랑입니다. 부모님의 따뜻한 눈빛과 미소는 얼어붙은 아이들의 마음을 녹입니다.

또한 부모님들은 자녀의 학교생활과 관심사에 구체적인 관심을 보이시기를 바랍니다. '무슨 과목이 제일 재미있니?', '학교 점심 메뉴가 마음에 들었니?', '요즈음 무슨 음악 듣니? 내가 들어 볼 수 있겠니?' 등 아이들이 답을 할 수 있는 질문을 하고 아이의 섬세한 감정을 읽을 수 있는 부모님이 많이 계셨으면 좋겠습니다. 부모는 아이들에게 칭찬과 인정과 격려와 사랑을 해 줄 책임이 있습니다. 이것이 부모 역할의 시작입니다.

그리고 제가 지난 9년 동안 한국학교 사역을 하며 경험한 아이들을 보면서 느끼는 것은 바른 신앙과 믿음 안에서 하나님의 진리의 말씀을 듣고 자란 아이들은 올바른 자아상과 세계관 형성이 그렇지 않은 아이들 보다 일찍 이루어집니다.

정체성 확립은 다민족 국가인 미국에서 살아나가는데 절대적으로 필요한데 창조주 하나님을 경외하는 것을 어렸을 때부터 배운 아이들은 어린 나이부터 영성이 길러지는 축복을 받게 됩니다."

배 : "미국 전체와 네바다 주의 고등학교 졸업률은 어느 정도 되는지 혹 아시면 말씀 좀 해 주십시오."

김 : "미국 전체 고등학교 졸업률은 69~73% 이고 Dropout Rate 은 16% 가 통계자료에 의한 것입니다.

네바다 주는 고등학교 평균 Graduation Rate이 47.3%, Dropout Rate은 11% 입니다. 네바다 주 졸업률이 미국전역의 졸업률에 못

미치는 것이 매우 안타깝습니다."

　배 : "저는 97년 초 라스베가스로 이민 온 후 서울합창단 창
단과 서울문화원을 혼자 독자적으로 개원하여 운영하고 있는데
서울문화원 행사만도 50회 이상을 했지만 모두가 제 혼자서
감당할 수 있는 작은 규모의 행사들뿐이었습니다. 그러나 김
선생님께서는 몇 년 전 교민들을 위해 독자적으로 챔버 오케스
트라를 초청하여 공연하시는 것을 보고 저 보다도 훨씬 교민을
사랑하는 마음이 크신 것을 보도 놀라기도 하고 제 스스로 반
성을 하기도 했습니다. 어떻게 그런 일을 하시게 되었습니까?"

　김 : "오케스트라 초청은 제가 교민사회를 특별히 사랑해서
라기보다는 하나님께 받은 축복을 함께 나누고 싶은 마음으로
하게 되었고 그때 배 선생님께서 큰 도움을 주셔서 진심으로
감사했습니다.

　클래식 음악을 즐기고 듣는 사람들이 의외로 한정되어 있기
에 일반 대중에게 클래식 공연을 가까이 할 수 있는 무대를
제공하고 싶었고, 음악교육을 받고 있는 한인 청소년과 부모님
들에게도 도움이 될 수 있기를 바라는 마음이었습니다. 무엇보
다도 주위의 많은 분들의 관심과 도움이 있었기에 가능한 일이
었습니다."

　배 : "지금도 공연기획 일을 하고 계신지요?"

　김 : "현재는 하지 않습니다. 그러나 기회가 되고 유익한 것
이라면 할 생각이 있습니다."

　배 : "미국의 예능교육은 전인교육을 위해 모든 학생들을 대
상으로 실시되지만 한국의 예능교육은 전문예술가를 키우기 위

한 전문교육으로 이뤄지고 있다고 봅니다. 바람직한 예능 교육은 어떠해야 한다고 생각하십니까?"

김 : "저는 어렸을 때 다양한 음악교육을 받고 자랐습니다. 지금 생각해보니 그것이 인생에 좋은 경험이 되었으므로 제 아이들이 어린 나이부터 음악교육을 받을 수 있도록 지도하고 있습니다.

예능교육이 공교육에 포함되고 보편화 되기를 바랍니다. 물론 전문인이 되기 위해서는 보다 깊게 교육을 받아야겠지만 꼭 전문인이 되지 않더라도 예능교육의 효과와 장점을 많은 학생들이 받기를 원합니다. 성장기의 아이들에게 예능교육은 인내심과 창의성을 개발시키고, 성취의욕을 갖게 합니다. 모든 아이들이 배움의 기회를 골고루 갖는 것은 매우 중요하다고 봅니다."

배 : "한국학교와 관련해 일을 하고 계시기에 여쭙습니다.

이곳에서 태어난 한인 2세들에게 어느 정도까지의 한글교육이 가능하다고 보십니까? 한글교육과 관련해 하고 싶으신 말씀이계시면 해 주십시오."

김 : "미국에서 태어난 2세들에게 실시하는 한글교육은 반드시 외국어 지도 교수법으로 접근해야 합니다. 언어 학습에 있어서 모국어와 외국어 지도 교수법에는 확실한 차이가 있습니다.

이 자리에서 지도 방법에 대해 길게 설명하기는 힘들지만 질문에 대한 답은 미국에서 자란 2세들도 읽기, 쓰기, 듣기, 말하기 4개 언어영역에 한하여 한국에서 고등학교를 졸업한 사람

만큼의 실력을 갖출 수 있다고 봅니다.

언어는 각 민족을 대표하는 문화유산입니다. 다민족 미국사회에서 민족의 언어를 사용할 수 있는 능력을 갖는 것은 삶의 범위를 넓히고 자신감을 키우는데 첫 번째 요소입니다. 특히 우리와 같은 소수민족에게는 절대적인 것입니다.

자녀가 한글사용을 자유롭게 하는 것과 사용하지 못하는 것은 가족의 유대관계에도 큰 영향을 미칩니다.

저의 바람은 부모님들께서 미국에서 자라는 우리 2세들에게 한글을 가르치는 것을 매우 중요하고 가치 있는 일로 여기시기를 바랍니다. 그러면 아이들도 한글학습에 중요성을 깨닫게 됩니다."

배 : "인간은 어떻게 사는 것이 가장 잘 사는 것이라고 생각하십니까?"

김 : "기본적으로 우리 인생의 목적은 하나님의 영광입니다.

Well-Being은 우리에게 주어진 것들(시간, 기쁨, 금전, 건강, 노력, 은사…)로 이웃을 섬기고 나눔을 즐길 줄 아는 것 그것이 잘 사는 비결이라고 봅니다.

그리고 우리가 그렇게 사는 것을 통해 하나님은 영광을 받으십니다. 사실 우리는 무조건 잘 살고 봐야 합니다."

배 : "이제 끝으로 앞으로 계획하고 계신 일들에 대해 말씀 좀 해 주십시오."

김 : "그 동안 한국어 교육을 하면서 제 자신이 부족함을 많이 느꼈습니다. 그리고 작년부터는 교육학 전공 공부를 좀 더 해야 하는 것에 심리적 부담을 갖게 되었습니다. 올해는 이것

을 시작할 계획을 가지고 있습니다."

　배 : "졸업 후 오랫동안 현장에서 가르치는 일들을 해 오고 있음에도 불구하고 아직도 자신의 부족함을 깨닫고 더 깊은 학문적 연구를 계획하시고 계신 점에 대해 대단히 존경스럽고 제 스스로 부끄러움을 느낍니다. 앞으로 더 큰 학문적 증진이 있기를 기원하며 오늘 긴 시간동안 좋은 말씀 해주셔서 대단히 감사합니다."

노블리스 오블리제의 실천

배상환 원장(이하 '배') : "안녕하십니까?

경인년 새해가 시작되는 듯 하더니 벌써 1월 하순을 지나고 있습니다. 이러다간 금방 4월, 10월 등도 지나고 연말을 맞이할 것 같습니다. 빠르게 지나가는 시간들이 야속하게 느껴지기도 하지만 한편으론 요즘처럼 경제가 어려울 땐 시간이라도 빨리지나 하루 속히 경제 회복기를 맞이하고 싶은 것도 솔직한 심정입니다.

〈L&K 초대석〉은 오늘 이 어려운 시기에도 항상 따뜻한 마음으로 이웃에 나눔을 실천하고 계시는 김리훈 치과 원장님을 모시고 말씀을 듣고자 합니다. 연초에 여러 가지로 바쁘실 텐데 이렇게 시간 내어 주셔서 감사합니다."

김리훈 원장(이하 '김') : "안녕하십니까? 제게 '이웃에 나눔을 실천하는 사람' 이란 표현은 적절치 못한 표현인 것 같습니다. 그렇게 살아야 한다는 것을 알면서도 항상 그렇게 살지 못해 부끄러워하는 사람 중의 한 사람일 뿐입니다."

　배 : "몇 년 전부터 우리 사회에는 노블리스 오블리제(Noblesse Oblige) 라는 단어가 많이 사용되고 있습니다. 사회적으로 높은 위치에 있는 사람들은 그 만큼 사회에 대한 의무를 다 해야 한다. 즉 정당하게 대접 받기 위해서는 명예(노블리스)만큼 의무(오블리제)를 다 해야 한다는 말인 것 같습니다. 가진 자, 사회지도층의 사회봉사, 사회참여를 강조한 이 말은 요즘처럼 경제가 어려워 서민들의 생활이 힘들 때 더욱 필요한 말인 것 같기도 합니다."

　김 : "사회적으로 높은 위치에 있으면서도 사람들에게 존경은커녕 조롱의 대상이 되는 사람들도 있음을 가끔씩 봅니다. 제 자신 사회적으로 명예를 가진 사람은 아닙니다만 지도층의 사회참여는 대단히 중요한 일로 생각됩니다. 요즘처럼 경제가 어려울 때일수록 노블리스 오블리제의 실천이 절실하다는 말씀에 크게 공감합니다."

　배 : "먼저 김 원장님 자신에 대해 소개 좀 해 주십시오."

　김 : "1960년 서울 영등포에서 출생하였고 충암초등학교, 명지중학교, 경동고등학교를 졸업하였으며(78년), 80년에 전 가족이 미국 이민하여 USC에서 인체공학과를 졸업하였고 하버드 치과대학에 입학을 했으나 경제적인 이유로 포기하고 UCLA 치과대학을 졸업하였으며(89년), 미시건 대학 보철치과 전문의 과정을 졸업하여 석사 학위를 받았고(91년), 에나하임에서 치과를 개업하고 있던 중에 LA 폭동사건이 일어나 93년에 라스베가스로 이주해 와 지금까지 지내고 있습니다."

배 : "고등학교를 마치고 미국으로 이민을 오셨다고 하셨는데 한국에 대한 추억은 어떻습니까? 성장과정은 어떠하셨으며 지금도 연락하며 지내는 친구들도 있으신지요?"

김 : "가족 전체가 이민을 온 이유로 한국에 대한 연고가 적어 이제 이민 30년이 되었지만 특별한 그리움이나 추억을 가지고 있지 못 합니다. 초등학교 시절 배구선수로 활동을 했는데 당시 소속 팀이 전국대회에서 우승을 했던 기억과 집안 경제사정의 굴곡이 심해 어려웠던 시절, 부유했던 시절 모두를 경험하며 자랐습니다. 지금까지 연락하며 지내는 친구는 없고, 부모님을 따라 출석했던 '평안교회'에서 열심히 교회생활을 했던 것 밖에는 별로 기억되는 것이 없습니다. 교회생활을 열심히 했던 것이 오늘날 나를 지키며 살 수 있는 큰 힘이 되었던 것 같습니다."

배 : "이곳 대학에서 공부하실 때의 이야기를 좀 해 주십시오."

김 : "이민자라면 누구나 겪는 현지 언어의 습득이 가장 큰 문제가 되겠지만 저로서는 새로운 문화에 대한 적응이 더 큰 문제였습니다.

한 가지만 말씀을 드린다면, 치과대학 2학년 때 치대 교수 한 분이 저를 불러놓고 자기와 대화를 할 때는 반드시 입을 가리는 마스크를 착용하라고 했어요. 무슨 뜻인지 아시겠죠? 그때만 해도 치과대학에 한국학생이 많지 않을 때이기 때문에 입 냄새 나는 한국학생에 대해 그 미국인 교수도 끝내 참지 못하고 말을 한 것이겠죠. 당시에는 심한 모욕감으로 밤잠을 설치기까지 했지만 이제 내가 치과의사가 되어 보니 가끔씩 그 교수의 행동이 이해될 때가 있습니다.”

　배 : “93년 라스베가스로 오셔서 치과를 개업하셨는데 그 당시 한국인이 운영하는 치과가 있었습니까?”

　김 : “두 곳이 있었습니다.”

　배 : “당시의 한인사회와 오늘의 한인사회를 비교하여 한 말씀해 주십시오. 그리고 처음 치과 운영에는 어려움 없으셨는지요?“

　김 : “벌써 17년이라는 시간이 흘렀습니다만, 당시만 해도 한인 인구수가 적어 가족적인 분위기로 서로 간 모두 친절했지요. 한인 업소들도 그리 많지 않았고요. 요즘은 한인 비즈니스도 많아졌고, 심지어 한인치과만 해도 무척 많아졌습니다. 당시에는 네바다 주 치과 라이센스가 미국 내에서도 가장 어려운 곳 가운데 하나이어서 이곳에서 개업하고자 하는 의사들은 많았지만 쉬운 일만은 아니었죠. 제가 처음 개업을 했을 때는 이전에 계시던 두 분 의사께서 환자를 보내주실 정도로 치과의사가 귀한 때였죠. 그래서 저는 빨리 안정적인 정착을 할 수 있었습니다.”

　배 : “오늘 김 원장님을 초대석에 모신 것은 치과에 대한 말씀보다 ‘사회 기부’, ‘나눔’ 등에 관한 말씀을 나눌 계획이었는데 어쩌다 치과 이야기만 했던 것 같습니다. 이왕 이야기가 시작되었으니 한 가지만 더 여쭙겠습니다. 치아관리 어떻게 해야 합니까?”

　김 : “사람마다, 인종마다 체질의 차이는 조금씩 있겠지만 백

인들은 특별히 치아관리를 잘 합니다. 저의 환자 가운데에서 보면 중국 여성들이 또 치아 관리를 잘 하고요. 우리 한국인들은 어릴 때부터 치아관리를 잘 하지 않아 일반적으로 치아 상태가 안 좋은 상태입니다. 치아는 아파서 치과를 찾을 때는 이미 치아가 많이 손상된 상태입니다. 완전회복이 안 되는 것이 또한 치아이므로 평소 관리, 예방치료를 잘 해야 건강한 치아를 보존하며 건강하게 살 수 있습니다. 이를 위해서는 3개월, 혹은 6개월에 한번씩 치과를 찾아 치료와 점검을 계속해야 합니다. 비싼 치과치료비가 일반인들에게 큰 부담이 되는 것은 사실이겠지만 보험에 가입하고 정기적으로 치료를 받는다면 큰 지출을 막을 수도 있을 것입니다."

배 : "2008년 라스베가스 한국노인회로부터 지역사회 여러 어려운 곳에 수차례 후원을 한 공로로 '라스베가스 한인 사회 봉사상'을 수상하셨는데 이러한 일을 실천하시는 자신의 성품이 있기까지 가장 많은 영향을 끼친 것은 무엇이라 생각하십니까?"

김 : "글쎄요? 앞서도 말씀 드렸지만 전 그렇게 많은 도네이션을 하며 사는 사람이 못 됩니다. 성경말씀 가운데 '오른손이 하는 일을 왼손이 모르게 하라' 고 하셨는데도 어쩌다 조금 도운 일이 세상에 알려져 상까지 받았으니 예수님이 보시기엔 한심한 놈이라고 여기실 것 같습니다.

제 아버님이 워낙 이웃에 베푸시는 일을 많이 하셨어요. 아마 제가 지금 작은 것이라도 이웃과 나눌 수 있는 것은 전적으로 아버님께 받은 영향 때문이라고 말씀드릴 수 있습니다.

제 아버님은 집안 형편이 아무리 어려워도 불쌍한 이웃을 보시면 돕지 않고서는 못 견디시는 성격이셨어요. 어릴 땐 아버님을 원망하기도 하고, 무책임한 가장이시다 라는 생각을 가지기도 했으니까요. 그러나 그러한 덕을 쌓는 것이 자신과 가정과 그 후손들에게 큰 축복이 된다는 것을 시간이 한참 지나고서야 알게 되었지요. 그것은 인류 역사가 바뀌어도 변하지 않을 진리라고 생각합니다.”

　배 : “자신이 노력하여 얻은 것을 조건 없이 이웃과 나눈다는 것은 어쩌면 손해 보는 일이 아닌가요?”

　김 : “물질만 바라본다면 그렇게 생각할 수 있겠죠. 그러나 사람에게는 물질보다도 훨씬 중요한 정신, 마음, 혼, 영혼이라는 것들이 있어 이것들이 편안과 풍요를 느낄 때 그 사람은 진정한 행복을 느낄 수 있다고 봅니다.”

　배 : “사람들은 누구나 행복해 지기를 원한다고 하면서도 무엇이 행복인지를 모르고 있는 경우가 많다고 봅니다. 방금 대단히 중요한 말씀을 해 주신 것 감사합니다.

　지난 2008년 라스베가스 목사회와 서울문화원이 공동 주최했던 ‘한국교수성가단 라스베가스 초청연주회’ 의 소요 경비 거의 대부분을 김 원장님 개인이 부담하신 것으로 아는데, 그럴 경우 가족의 협조도 반드시 필요할 것으로 생각되는데 이런 면에서는 어떠하십니까?”

　김 : “당시 소문은 그렇게 났지만 목사회 회장이셨던 이춘삼 목사님이나 전중현 원로 목사님 그리고 목사회 여러 목사님들께서 함께 수고를 하셨죠. 물론 배 원장님께서 연주회 전체 준

비와 진행을 다 해주셨고요. 세상에 혼자서 할 수 있는 일이란 그렇게 많지 않죠. 다 누군가의 도움의 손길이 있었기에 일에 대한 좋은 결과를 얻게 되지요.

누구를 돕고 어떤 행사를 지원할 때 반드시 아내와 상의하고 가족의 동의를 구해야 한다는 것은 저도 잘 알고 있죠. 아무리 뜻이 순수하고 값진 일이라 하더라도 가족간의 화목을 깬다면 그것은 재고해 보는 것이 마땅하다고 생각합니다. 예수님께서도 형제와 화목한 후에 제사를 드려라고 하셨으니까요. 저는 요즘 돕고 싶은 일이 있을 때 충분하지는 않다 하더라도 아내와 먼저 이야기를 하고 결정을 합니다. 때로는 아내가 조금 더 앞서 나가기도 하지요."

배 : "대학에서 성악을 전공하시지 않았음에도 대단히 미성의 테너로 알려져 있습니다. 어떻게 노래를 잘 하시게 되었는지요? 좋은 치아가 좋은 발성으로 연결될 수 있나요?"

김 : "치아가 발음에 영향을 줄 수 있겠지만 발성자체에는 별 영향을 주지 않을 것으로 생각됩니다.

방금 제가 노래를 잘한다고 하셨는데 그것 또한 잘못 전해진 이야기입니다. 오늘 배 원장님이 준비해 오신 여러 가지 자료들이 많이 틀리신 것 같으니 혹시 지금이라도 대담을 취소하고 싶으시면 그러셔도 좋습니다."

배 : 원 세상에, 제가 〈L&K 초대석〉을 지금까지 열아홉 번 진행을 했습니다만, 게스트로부터 대담 도중 대담을 취소해도 좋다는 이야기는 처음 듣습니다. 거의 공갈(?) 수준으로 들리는데요. 어쨌든 라스베가스에서 가끔씩 열리는 음악회에 김 원장

님이 거의 대부분 출연하여 노래를 부르고 있으니 노래를 잘하고, 못하고를 떠나 많은 사람들이 그렇게 생각하고 있는 것이 사실입니다.

그럼 질문을 조금 바꾸어 드리겠습니다. 어떻게 노래를 좋아하시게 되었습니까?"

김 : "노래를 무척 좋아하는 것은 사실이므로 나름대로 대답을 드리겠습니다.

앞서도 말씀 드렸듯이 한국에서 청소년 시절을 보내면서 특별한 일 없이 그저 조용히 지냈습니다. 그러니 당연히 특별한 취미도 없었고요. 그러나 교회 내 학생회 활동은 열심히 했습니다. 그러다가 교회 안에서 노래를 잘하는 선배들을 만나게 되었어요. 배 원장님은 아시리라 생각되는데 바리톤 최현수, 소프라노 이춘혜 이런 사람들과 교회 내에서 함께 노래를 부르며 노래를 좋아하게 되었습니다. 그 분들의 영향으로 대중음악보다는 클래식 음악 특히 성가를 특별히 좋아하게 되었죠."

배 : "아하! 그러셨군요. 다행히 최현수, 이춘혜 두 분 모두 제가 한국에서 음악평론, 음악잡지 일을 할 때 개인 인터뷰를 한 분들입니다. 최현수씨는 차이코프스키 국제콩쿨 입상 직후이고, 이춘혜씨는 자신의 독창회 직전이었지요."

김 : "지금은 세상을 떠나셨지만 그 당시 교회 성가대 지휘자이셨고 한국 교회음악계에 큰일을 많이 하셨던 고 작곡가 김의작 선생님으로부터도 음악에 관한 많은 좋은 인상을 받았습니다. 특히 그분은 대중가요를 싫어하시는 것은 물론 가볍게 부르는 복음성가가 교회 내 불러지는 것도 반대하셨으니까요.

그 분의 영향으로 저 또한 대중가요를 제대로 아는 곡이 한 곡도 없을 뿐더러 요즘 교회 내에서 많이 부르는 가스펠 송과도 익숙하지 못합니다. 김의작 선생님의 사모님이 지난 번 라스베가스에 와서 연주했던 '한국교수성가단'의 단장이시기도 하죠."

배 : "김 원장님과의 대담은 '치과', '나눔', '음악' 등 참으로 다양하게 진행되고 있어 저로서는 참 즐겁습니다.

어떻게 사는 것이 가장 행복한 삶이라고 생각하십니까?"

김 : "글쎄요, 이것을 간단히 대답한다는 것은 참으로 어려운 질문인 것 같습니다만, 저는 '지족하는 삶'이라고 생각합니다.

일반적으로 많이 사용하는 '자족'이라는 단어는 '스스로 만족하게 여기는 것'이지만 '지족'은 '자신의 분수를 알고 족한 줄로 앎'이므로 자족보다는 지족하는 삶이 더 단단한 행복을 구축할 수 있으리라 생각됩니다.

큰 집, 큰 차 등이 우리에게 영원한 행복을 주지 못한다는 것은 오늘 우리의 현실을 보면 잘 알 수 있지 않습니까? 자신의 분수를 안다는 것이 결코 쉬운 일이 아님을 잘 알지만 자신의 분수 안에서 남에게 도움을 주고 그들이 기뻐하는 것을 지켜본다는 것은 참으로 중요하고 참 행복이라 할 수 있겠지요. 저도 생각은 이렇게 하지만 당장 돌아서면 세상 욕심이 생겨 마음에 만족을 못 느끼는 것이 사실입니다."

배 : "앞으로 계획하고 계신 일이라도 있으신지?"

김 : "저는 얼마 전 박윤선 목사님이 쓰신 '성경주석'을 읽으면서 성경에 대한 새로운 신비로움과 그 매력에 빠져 요즘도

계속해서 성경을 많이 읽고 있습니다. 그래서 성경을 보다 깊이 있게 알기 위해 신학교에 입학하고 싶은 것이 저의 지금의 바람이기도 합니다. 이런 이야기를 최근 어떤 분과의 대화 중에 했더니 당장 '목사 되려고?' 하는 반응을 보여 깜짝 놀란 적이 있습니다. 요리하는 것을 좋아한다고 해서 모두 식당 차리는 것은 아니지 않습니까?"

배 : "맛있는 음식을 자꾸 만들다 보면 그 음식을 이웃에게 나누어 주고 싶은 경우도 생기겠죠.

김 원장님의 자녀들은 이곳 청소년들 사이에서 꽤 이름을 날리는 피아니스트로 소문이 나 있는데 가족 소개를 좀 해 주십시오."

김 : "저희 가족은 대학에서 성악을 전공한 아내 김은주와 두 아들 대니엘, 스티븐 그리고 딸 하이디가 있습니다. 모두 어릴 때부터 피아노를 배웠기에 여기 저기 대회에 나가 입상을 하기도 했습니다만, 아직은 잘 모르겠지만 장차 피아니스트의 삶을 살아 갈 것은 아닐 것 같습니다."

배 : "이제 끝으로 경제적으로 어려움에 처해 있는 우리 독자들을 위해 위로의 한 말씀을 해 주십시오."

김 : "저는 흐린 날이 있으면 맑은 날도 있겠지 생각하며 삽니다. 치과를 운영하면서도 염려하고 걱정하기보다 그 날 그 날 일에 만족하며 지냅니다. 사실 이리 저리 고민하면서 새로운 계획들을 세워도 보았지만 세상에 내 계획대로 되는 일은 거의 없는 것 같습니다. 마음을 편안히 가지고 이웃과 서로 위로하고 도우며 지낸다면 언젠가 지금은 상상조차 못 했던 좋은

일들이 우리에게 일어날 것으로 저는 생각합니다."

　배 : "연초에 바쁘실 텐데도 오늘 시간을 내어 주시고 많은 좋은 말씀을 해 주셔서 감사합니다. 더욱 건강하시고요. 더 많은 사회봉사로 우리 사회가 밝아지는 동시에 김 원장님에게도 큰 축복이 되시길 바랍니다. 다시 한 번 감사드립니다."

김 숙 자 (원로 가수)

신이 내게 주신 두 가지 축복
'음악'과'가족'

배상환 원장(이하 '배') : "구약성경은 그 첫 단어를 '태초에'로 시작하고 있지만, 저는 오늘 '최초에는 항상 김숙자가 있었다.' 라는 짧은 문장을 한번 소리치고서 〈L&K 초대석〉을 진행하고 싶습니다. 왜냐하면 김 선생님께서는 민자, 애자 두 자매 분과 함께 대한민국 가요역사 최초로 트리오를 결성하셨고, 1959년 주한 미군 맥 매킨을 매니저로 미국 공연 길에 나선 대한민국 최초 해외진출 1호 보컬팀이셨으며, 미국 최정상급 가수들의 무대인 미국 최고의 인기 TV 프로그램 에드 셜리번 쇼에 한국인 최초로 출연하셨고, 아울러 1959년부터 라스베가스에서 공연하시면서 라스베가스에 정착한 최초의 한인이시기도 합니다.

최초, 최초의 연속입니다. 무에서 유를 창조한다는 것은 참으로 어렵고 힘든 일임에도 불구하고 김 선생님께서는 이렇게 최초로 시작하신 일들을 모두 성공적으로 이끌어 오셨습니다. 존경과 놀라움을 금치 못합니다.

라스베가스에서 월 2회 발행되는 잡지 'Las Vegas & Korea'에 제가 지난 4월부터 〈L&K 초대석〉을 맡아 진행하면서 우리 도시의 역사요 보배요 전설 같은 김 선생님을 최초로 초대하지 못하고 오늘 마지막 제20회에 모시게 된 것을 대담히 죄송하게 생각합니다.

2010년 경인년이 시작되는 듯 하더니 벌써 한 달이 후딱 지나가 버렸습니다. 시간이 하도 빨리 지나가 꼭 무슨 도둑맞은 기분입니다. 2010년 계획대로 잘 진행되고 계시죠? 오늘 초대석에 모실 수 있어 대단히 영광으로 생각합니다."

김숙자 원로 가수(이하 '김') : "〈L&K〉 잡지를 볼 때마다 우리 라스베가스에 이런 잡지가 있는 것이 자랑스럽다고 생각했었는데, 오늘 제가 초대석에 나올 수 있게 된 것을 매우 기쁘게 생각합니다. 배 원장님께서 수고하시는 서울합창단, 서울문화원의 활동도 관심 있게 지켜보고 있으며 그 수고에 항상 고마움 마음을 갖고 있습니다."

배 : "흔히 '전설 같은 인물' 이란 표현을 가끔씩 씁니다. 김 선생님이야말로 '전설 같은 인물' 이란 표현에 가장 적합한 분이라 생각됩니다.

한국을 떠나신지 50년이 더 지났지만 아직도 많은 사람들의 기억 속에는 김씨스터즈와 부모님이신 김해송, 이난영 두 분에 대한 기억이 남아있는 것이 사실입니다. 물론 김 선생님의 가족이야기는 한국 가요 역사의 한 부분이기에 알 만한 사람들은 이미 다 알고 있는 것 또한 사실입니다. 그러나 그래도 본인에게 직접 듣고 싶은 것이 저와 우리 독자들의 심정입니다. 가족 전체를 소개하시려면 책 한 권의 분량으로도 모자랄 것 같지만 그래도 간략히 소개 좀 해 주십시오."

김 : "작곡가인 아버지 김해송, 어머니 이난영, 그리고 언니 영자, 오빠 영조, 저 숙자, 여동생 애자, 남동생 영일, 상호, 태성 이렇게 7남매입니다."

배 : "정말 간단하게 소개해 주시는군요. 부모님의 활동은 물론 자매가 함께 김씨스터즈를 조직하여 활동하셨고, 형제가 함께 김브라더스를 조직하여 활동하셨습니다. 온 식구가 가요를 위해 온 열정을 다 바친 음악가족 이시기도 합니다.

이제 부모님에 관하여 특히 그 중에서도 아버님에 대해 먼저 말씀 좀 해 주십시오."

김 : "저의 기억 속에 있는 아버지는 그저 무섭기만 한 분이었어요. 성질이 불같으신 분이셨죠. 그 불같은 열정이 모두 고스란히 음악으로 표현되었다는 것은 참으로 기적 같은 일이예요. 아버지는 그저 단순히 인기 가요 몇 곡을 작곡하신 분이 아니세요. 그 당시 미국의 신흥 음악인 재즈를 일찍부터 탐구하셨고 그것을 한국가요에 적용시켜 작곡하셨으니 얼마나 생각이 앞서신 분인지 몰라요. 제 아버님이야말로 '최초'라는 수식어가 꼭 필요한 분이세요.

해방이 되기 전인 1944년에 이미 악극단을 조직하여 활동을 하셨는데 그것이 본격적인 최초의 한국 뮤지컬 무대였어요. 해방 후에는 탱고 밴드, 스윙 밴드 등을 조직하여 경음악 활동에 집중하다가 그것을 바탕으로 레코드 제작에도 뛰어들어 수많은 레코드를 제작하여 일제 해방 후 허탈해 있는 국민들의 가슴을 울려주었지요. 그 당시 작곡하서서 레코드로 나온 곡들이 '울어라 은방울' '백팔 염주' '선죽교' '약산 진달래' '저무는 충무로' 등이었는데 '울어라 은방울'은 해방 후 최초로 나온 은반 1호였고, '저무는 충무로'를 부른 당시 신인인 한복남 아저씨는 후일 도미도 레코드사를 창설하여 수많은 가요 곡을 만들어내었죠. 레코드 제작이 해방 후 무에서 유를 창조하는 일임에는 틀림없었지만 경영이 너무 어려워 아버지께서는 외삼촌인 이봉룡, 어머니 이난영을 중심으로 과거 조선악극단원들을 모아 뮤지컬 전문인 쇼단을 만들었죠. 그것이 〈KPK 쇼단〉입니다.

1946년 KPK악단은 단성사 무대에서 '병술 세배'로 창단의 막을 올린 후 전국 순회공연에 나서 큰 성공을 거두었죠. 그 뒤 '돼지 세배' '천리 춘색' '풍차 도는 고향' 푸치니의 오페라를 뮤지컬로 바꾼 '투란도트' 뮤지컬 '이사랑전' '천국과 지옥' '서울광상곡' '알리바바' '카르멘 환상곡' '로미오와 줄리엣' 등 수많은 작품들을 공연하셨죠. 뮤지컬 '가평의 일생'은 어머니의 스토리를 묶은 것이고 '세월은 간다'는 아버지의 자서전 같은 내용이었어요. 1950년 뮤지컬 '클레오파트라'를 준비 중에 6.25가 났고 공산치하에 서울에서 숨어 지내시던 아버지는 어느 단원의 밀고로 북으로 잡혀가서서 생사를 알 수 없게 되었죠.

요즘 한국에서 뮤지컬이 유행하고 있다고 하지만 어쩌면 그때만큼 국민들의 마음을 파고들지는 못 할 거예요. 제가 아버지 이야기를 너무 길게 한 것 같아 미안합니다. 모처럼 아버지

이야기를 시작했더니 멈출 수가 없네요."

　배 : "미안하시다뇨? 천만의 말씀이십니다. 잘 알지 못했던 한 시대의 귀한 역사를 알게 되어 저로서는 매우 기쁩니다. 아버님께서 그토록 왕성한 활동을 하셨음에도 전 국민에게 더 많이 알려지지 않았던 것은 전쟁이 휴전 된 이후 월북 작가의 작품은 금지라는 불문율 때문에 아버님의 주옥같은 노래들이 금지되고 또는 다른 사람의 이름으로 발표되었기 때문으로 생각됩니다.

　이제 어머니 이난영 선생에 대해 말씀 좀 해주십시오."

　김 : "어머니는 1916년 목포에서 출생하셨어요.

　요즘 인터넷 검색 창에 '목포를 빛낸 사람'을 치면 김대중 전 대통령과 제 어머니 이름이 뜬다고 하니 세상 떠나신지 사십육 년이 지났는데도 아직도 많은 사람들의 기억 속에 남아있는 것이 놀랍기도 하고 고맙기도 하고 그렇습니다.

　1935년 어머니 나이 열여섯 살 때 부르신 '목포의 눈물'이 폭발적인 인기를 얻게 된 것은 일제의 서러움 속에 살던 온 국민들에게 마음껏 울 수 있는 기회를 마련해 준 것이라고 생각해요. 실컷 울고 나면 마음이 정화되는 카타르시스를 이 곡을 통해 국민들이 느꼈다고 나 할까요. 이 노래가 아직도 많이 불려지고 있는 것 또한 이 노래에는 노래 그 이상의 정신적인 어떤 매력을 가지고 있기 때문이라 생각합니다.

　요즘은 다양한 스포츠와 많은 예술 분야에 스타들이 대거 등장해 있지만 그 당시엔 오직 가요, 영화 둘 밖에 없었어요. 인기 가수, 인기 배우는 전 국민의 애인이었죠. 어머니는 매사에 철저한 분이셨어요. 모든 일에 대한 구분이 확실하셨죠. 재능도 많으셨고 열정도 많으셨어요. 어머니의 엄격하고 혹독한 음악훈련이 있었기에 저희 자식들이 모두 음악가로 살 수 있게 해 되었죠. 아마도 힘든 세상 최고의 음악가가 되어 행복하게 잘 살아가라는 바람도 있었던 것 같아요."

배 : "아버지 김해송 선생께서 워낙 외부활동이 많으셨기에 어머님께서 자녀 교육에 더 엄격하셨을 것으로 생각됩니다. 한국전쟁의 휴전협정이 체결되었던 1953년 가을, 서울 수도극장에서 앞서 말씀드렸듯이 민자, 애자씨와 함께 한국 최초 트리오를 결성하여 공연을 하셨는데 그 당시의 공연 내용과 청중들의 반응은 어떠하셨습니까?"

김 : "6.25 한국전쟁의 휴전협정이 체결된 후 사회는 대단히 혼란스러웠죠. 폐허 속에서 재건을 위해 모두가 땀을 흘릴 때였죠. 어머니는 〈오동추야 프로덕션〉을 만드셔서 공연을 기획하셨죠. 어머님도 아버님의 영향이었는지 단순히 노래만 부르는 가수가 아니셨어요. 기획력도 뛰어나셨어요. 출연자들의 의상들도 직접 만드셨는데 당시에는 화려한 칼라의 천들이 없었기에 일일이 천에 물을 들이시기도 하셨어요. 어머니는 저희 자식들을 얼마나 혹독하게 훈련을 시키셨는지 몰라요. 저희 자매 모두는 당시 노래뿐만 아니라 가야금, 장구, 승무, 북춤 등을 계속해서 대가 선생님들에게 레슨을 받았어요. 가야금을 들고 전처를 타고 또 버스를 타면서 멀리까지 가서 배우기도 했죠. 악기를 들고 가다가 중국집 앞을 지날 때 김이 모락모락 나는 빵을 보고 도저히 못 참고 어린 세 자매가 가야금을 들

고 중국 빵집에 들어 간 적도 있어요. 그렇게 배운 실력이기에 극장 무대에만 올라가면 저희 자매는 펄펄 날았어요. 사람들도 우릴 얼마나 좋아했는지 몰라요. 김씨스터즈 이름이 전국에 알려지기 시작했죠. 가끔씩 노래를 잘 못하는 가수가 공연을 할 때면 청중들의 야유가 금방 터져 나왔어요. "집어 치워라" 등등의 야유가 나오면 저희 자매가 즉각 출연하여 쇼를 성공적으로 이끌었죠. 당시에는 톱 가수가 대중들의 왕이라고 해도 가히 틀린 말은 아니었어요."

배 : "미국 공연은 어떻게 이루어지게 되었습니까? 당시로서는 쉽지 않았을 것으로 생각되는데, 서두에서 제가 주한 미군 맥 매킨을 매니저로 미국 활동을 시작했다고 말씀을 드렸는데 그것은 사실입니까?"

김 : "그 부분은 사실과 조금 다르군요. 탐볼이라는 미국 엔터테인먼트 빅 에이전트가 라스베가스의 큰 쇼를 계획하면서 출연할 아시안 그룹을 찾던 중에 친구인 맥 매킨과 연결이 되어 소개를 받을 수 있었죠."

배 : "미국에서의 활동에 대해 말씀 좀 해 주십시오."

김 : "미국으로 오기 전에 일본 오키나와에서 3주 공연을 먼저 하고 왔어요. 스무 살 전후의 한국 아가씨가 외국인 청중 앞에서 노래를 한다는 것이 그 당시로서는 참으로 두려운 일이었어요. 아마도 자매가 함께 있지 않고 혼자였다면 진작 포기하고 돌아갔을 거예요. 그때부터 가족의 소중함을 절실히 느끼기 시작했죠.

1959년 라스베가스의 선드 버드 호텔 오픈 1주년 기념공연으로 4주 공연, 4주 옵션으로 계약하고 무대에 섰어요. 그것만 마치고 한국으로 돌아갈 줄 알았는데 그 후 12년이 지나고서야 한국에 돌아갈 수 있었어요.

캘리포니아의 TV 쇼 다니아나 쇼어 쇼에도 출연했고, 미국 최고 정상급 가수들만이 출연하는 에디 셜러번 쇼에도 출연했고요.”

배 : “에디 셜리번 쇼에는 33번 출연하신 것으로 일부 한국 가요사에 기록되어 있습니다.”

김 : “어? 그래요? 그 숫자는 잘 못된 것입니다. 정확히 22번 출연했습니다. 미국 가수들에게 꿈의 무대로 여겨지는 이 쇼에 단골손님이 되어 출연하였으니 당시 저희가 누렸던 인기를 짐작하실 수 있으시겠죠. 딘 마틴 쇼에도 출연을 했고요. TV 프로인 헐리우드 팔레스 쇼에는 김씨스터즈, 김브라더스가 함께 출연하여 사람들을 놀라게 하기도 했죠. 아주 최근 유투브에 이 공연 동영상이 올라와 있다고 어떤 분이 알려줘서 본 적이 있는데 기분이 참 새롭더군요. TV 스티브 엘렌 쇼에도 출연하는 등 수많은 쇼 무대에서 노래를 했어요.”

배 : “공연을 하신 것이 햇수로 몇 년이나 되시는 거죠?”

김 : “1959년부터 라스베가스 스타다스트 호텔에서 15년 동안 노래했고, 라스베가스 힐튼에서 5년, 홀리데이 카지노(현 해리스)에서 11년. 모두 31년을 라스베가스에서 노래한 것 같습니다.”

배 : “우와! 정말 대단하십니다.

라스베가스 공연을 시작하신 1959년 당시 라스베가스에 한인들이 살고 있었는지요? 그 당시에 대해 말씀 좀 해 주십시오.”

　김 : “그 당시 라스베가스에 한인은 아무도 살고 있지 않았
어요. 도시 자체도 사막에 바람만 쌩쌩 부는 대단히 황량한 곳
이었죠. 오늘의 발전된 모습과는 전혀 다른 모습이었지요. 그
래도 밤이 되면 화려한 불빛 아래로 사람들이 모여들어 즐기는
도시였죠.

　저희 세 자매는 어린 나이였음에도 이곳에 한국을 좀 알려
야겠다고 싶어 하루는 한복을 입고 고무신을 신고 길 거리로
나갔어요. 그랬더니 지나가는 많은 사람들이 “뷰우티풀 기모노”
하며 지나가는 거예요. 그 당시는 한국이라는 나라 자체를 모
르는 사람들이 대부분이었으니까요.”

　배 : “공연 이후의 생활에 대해 많은 이들이 궁금해 하는 것
같습니다. 어떻게 지내셨습니까?”

　김 : “1994년에 제가 교통사고를 당해 허리를 다쳐 수술을
했어요. 무대에 서는 것이 어렵게 됐어요. 그래서 부동산에 관
심이 있고 그것과 관련된 일을 하는 것이 좋겠다 싶어 부동산
라이센스를 취득하여 그 일을 지금까지도 하고 있습니다. 사람
만나는 것을 좋아하기 때문에 이 일이 내겐 무척 즐거워요. 즐
겁지 않았다면 지금까지 계속할 수 없었겠죠.”

　배 : “대 스타께서 부동산 에이전트로 일 하는 것에 대해 의
아해 하는 사람은 없었습니까?”

　김 : “오히려 지난날의 화려한 경력이 사람들에게 신뢰를 주
는 것 같아 더 재미있어요. 한번은 타 주에서 오신 한 부부가
집을 보여 달라며 하는 말이 이곳에 김씨스터즈가 살고 있다고

라스베가스에서 내가 만난 한인들　213

들었는데 아직도 여기에 살고 있습니까? 하고 묻기에 내가 김
씨스터즈 라고 말 하고 크게 한바탕 웃은 적이 있습니다. 일하
는 것이 참 재미있습니다.”

　배 : “라스베가스 최초의 한인이시기에 오늘의 우리 라스베
가스 한인사회를 바라보시는 느낌이 남다르실 것 같은데 어떻
게 보십니까?”

　김 : “말 할 수 없이 변했죠. 한때 한인 인구 2만 명 이상이
라는 이야기도 있었으니까요. 각 분야의 많은 한인 전문인들도
많이 오셨고 단체들도 많아졌고, 한인 상가, 한인 행사들도 많
아졌어요. 한 가지 아쉬움은 한인들이 정착하기 시작한 이민
초기에는 한인 모두가 형제, 자매 같이 서로 믿고 의지하며 친
밀하게 지냈는데 요즘은 그런 면에서 아쉬움을 느낄 때가 많아
요. 무엇이든지 규모가 커지면 어쩔 수 없는 일이겠죠.”

　배 : “어머님이신 이난영 선생에 대해 몇 가지 더 질문을 드
리고 싶습니다.

　딸이 보는 엄마는 어떤 가수였습니까?”

　김 : “목소리가 대단히 맑으셨어요. 그 맑고 고운 목소리로
가슴 속으로부터 끓어오르는 열정을 노래하셨으니 사람들이 혼
을 빼앗기지 않을 수 없었죠.”

　배 : “1968년에 광주에 있는 호남매일신문사가 ‘난영가요제’
를 시작한 후 재정적인 어려움으로 잠시 중단되었다가 1991년
부터 MBC 문화방송이 주관하면서 현재까지 한국의 큰 가요제
로 잘 진행되고 있습니다. 가끔씩 ‘난영가요제’ 에 참석하시는
지요?”

김 : "서너 번 참석하였습니다. 한 번은 서울에서 야간에 이동하여 새벽에 목포에 도착하였는데 배가 고파 식당을 찾았지만 너무 이른 시간이라 아직 영업을 하는 집이 없었어요. 동생들이 이리저리 식당을 찾는 중에 한 식당의 출입문이 조금 열려있어 혹시 밥을 먹을 수 있느냐고 하니까 아직 문을 안 열었다는 것이었어요. 그래서 우리가 이난영 가수의 자식들로 '난영가요제' 때문에 미국에서 왔다고 했더니 "아이구! 그런냐" 고 하며 들어오시라고 해서 공짜로 맛있는 음식을 새벽에 대접 받은 적도 있습니다. 동생 중 누군가가 "누나 우리 여기 와서 살자"고 말하기도 했어요."

배 : "사람이 살아가는 데 가장 중요한 것은 무엇이라 생각하십니까?"

김 : "첫째는 열정, 둘째는 가족, 셋째는 건강 이라고 생각해요.

열정 없는 인생은 너무 허무한 인생이지요. 무엇에 대한 열정이냐는 것도 중요할 수는 있지만 무슨 일이든지 열정을 가지고 산다는 것이 더욱 중요한 것 같습니다. 열정이 있어야 그 어떤 일도 성취할 수 있기 때문입니다.

제게 가족은 너무나도 소중합니다. 하나님이 내게 두 가지 축복을 주셨다면 그것은 음악과 가족입니다. 부모님으로부터 남들에게 없는 음악성을 받아 태어났지만 두 분 다 워낙 바쁘셨기에 항상 함께 지내지를 못했어요. 그래서 우리 칠 남매에게는 항상 그것이 아쉬움이기도 했어요. 그런 이유에서인지 우리 칠 남매는 세상의 그 어떤 남매보다도 서로 위하고 우애

있게 성장했고 지금도 서로를 위하며 살고 있습니다. 가정의 소중함을 일찍 알았기에 가정적인 남편 John을 만나 지금까지 44년간을 행복하게 잘 지내고 있고 제가 시어머님을 32년간 모시고 살았다면 누가 제 말을 믿으시겠어요? 몇 년 전 94세로 세상을 떠나시기까지 그 분은 제 친 어머니 같은 분이셨고 제 스승이시기도 하셨어요. 많은 대화를 통해 많은 세상을 살아가는 지혜를 배웠어요. 형제들과도 기회만 되면 전화하고, 만나고 그렇게 삽니다. 동생 영일이가 섹스폰으로 연주한 성가곡을 매일 차에서 들으며 다니고 있지요. 제가 건강이 소중하다는 말씀은 한번 아파 본 사람이라면 그 소중함을 잘 아실 것 이예요.”

배 : “지금까지 사시는 동안 가장 가슴 뭉클했던 일이나 아쉬웠던 일이 있으시면 말씀해 주십시오.”

김 : “가장 가슴 뭉클했던 일은 38선 부근에 있던 어머니의 묘를 세상 떠나신 41년 만에 어머니의 고향인 목포 삼학도 수목원으로 이장을 해드린 일입니다. 행사가 참 대단했습니다. 남해 바다를 바라보시고 묘 양쪽 옆에는 ‘목포의 눈물’ ‘목포는 항구다’ 가요비가 세워져 있고 지금은 어머님과 관련된 기념품들이 판매되고 있고, 이제는 영원히 목포 시민, 더 나아가 대한민국 국민들과 함께 지내실 수 있게 되어 저희 자식들로서는 전혀 걱정이 없습니다.

어머니께서 세상 떠나시기 3년 전쯤에 저희 자식들이 있는 라스베가스에 오셔서 한 1년가량 함께 지내신 적이 있었어요. 그 시간들이 얼마나 소중하고 좋았던지 아직도 생생히 기억하고 있습니다.

아쉬웠던 일이라기보다는 제가 지금까지 마음에만 간직하고 실제로 못했던 일이 하나 있는데 그것은 클래식 피아노를 배우는 것이었어요. 제가 무대에서 연주할 수 있는 악기가 열세 가지예요. 그런데 클래식 피아노가 갖는 그 맛을 충분히 느껴보지 못했기에 사실 요즘 피아노 레슨을 받고 있습니다."

배 : "선생님의 열정은 정말 아무도 못 말릴 것 같습니다.

선생님과 말씀을 나누고 있노라니 제게 그 열정이 전해져 오는 것 같아 저도 오늘 밤 제 자신의 삶에 대해 진지하게 고민을 한번 해봐야 할 것 같습니다. 아마도 이 글을 읽는 〈L&K〉 독자들 또한 저와 같은 생각을 하실 것으로 추측됩니다.

이제 끝으로 가족을 소개 해 주십시오."

김 : "남편과 현재 핸드슨에 살고 있고요, 5마일 쯤 떨어진 곳에 아들 내외와 손녀 Macey(13살), 손자 Micheal(9살), 손자 A.J(2살)이 살고 있고요, 또 가까이에 딸, 사위와 외손자 Kai(4살)가 살고 있습니다."

배 : "오늘 너무나도 재미있고 소중하고 의미 있는 말씀들을 긴 시간동안 해주셔서 감사합니다. 더욱 건강하시고요 언젠가 있을 클래식 피아노 연주회에 초대해 주실 것을 끝으로 부탁드립니다. 그토록 사랑하시는 모든 가족 분들의 건강을 함께 기원합니다."

배상환의 라스베가스 문화 활동 내용

☉ 문화단체 설립

1. 라스베가스 서울문화원(Las Vegas Seoul Cultural Center)
 ― 2001. 1. 4. 라스베가스 한인들의 문화 활동을 위해 배상환씨 개인
   에 의해 개원되어 운영되고 있는 비영리 문화사업체

2. 라스베가스 서울합창단(Las Vegas Seoul Choir)
 ― 1998. 9. 21 현 지휘자 배상환씨에 의해 창단된 라스베가스 한인
   커뮤니티 합창단

☉ 라스베가스 서울문화원(2001-2010) 활동

1. 개원기념 '찬양 학교' 개강
 1) 일반인과 성가대원을 위한 찬양학교 (주 1회 2시간, 4주 과정
    2001. 1. 10~31)

2. 문학 특강
 1) 나의 시 세계와 문화인식(강사 배상환 1999. 5. 17)
 2) 천상병 시인의 삶과 문학(강사 배상환 2002. 1. 28)
 3) 이민 생활과 문학의 힘(강사 송상옥 2002. 4. 30)
 4) 여름밤에 민나는 횡진이(강사 배상환 2002. 7. 29)
 5) 윤동주의 삶과 문학(강사 배상환 2002. 10. 24)
 6) 수녀 이해인의 시와 삶(강사 최리사 2003. 2. 25)
 7) 탄생 90주년 윤동주 시 낭송회(해설 배상환 2007. 12. 10)
 8) 윤동주 문학 특강(강사 임헌영, 유성호 2008. 7. 21)

3. 초청 음악회 개최

  1) 유지연 피아노 독주회(2002. 9. 16)

  2) 김복현 바이올린 독주회(2003. 7. 14 코리아포스트 공동주최)

  3) 한·중·일 합동, 성가와 오페라 아리아 연주회(2004. 3. 30)

  4) 홍세라 첼로 독주회(2006. 1. 21)

  5) 박인수 테너 독창회(2007. 2. 17)

  6) 배성균 찬양 콘서트(2007. 3. 13)

  7) 계봉원 테너 독창회(2007. 6. 11)

  8) 신소연 피아노 독주회(2007. 7. 30)

  9) 한국 교수성가단 연주회(2008. 4. 21 목사회 공동주최)

  10) 소프라노 허미경·허미정 듀오 리사이틀(2009. 2. 19)

  11) 6인 성악가 연주회(2009. 7. 14)

  12) 가야금(지윤자), 대금(이병상) 국악 연주회(2010. 4. 19)

  13) 월드비전 홍보대사 노형건 가스펠 토크 콘서트(2010. 5. 22)

  14) 김영석 테너 독창회(2010. 6. 14)

4. 오페라 감상회 개최

  1) 나비부인(2003. 10)　　　　2) 토스카(2003. 11)

  3) 라보엠(2003. 12)　　　　　4) 투란도트(2004. 1)

  5) 카르멘(2004. 2)　　　　　　6) 라트라비아타(2004. 3)

  7) 리골레토(2004. 4)　　　　　8) 아이다(2004. 5)

  9) 요술피리(2004. 6)　　　　　10) 오페라 아리아 하이라이트(2004. 7)

  11) 토스카(2007. 1)　　　　　　12) 라트라비아타(2007. 2)

  13) 오셀로(2007. 3)　　　　　　14) 피델리오(2007. 4)

  15) 오페라 아리아 하이라이트(2007. 5)

5. 초청 연극공연 개최

  1) LA극단 'Home'의 〈품바〉(2001. 6. 1 한인회 공동주최)

6. 셰익스피어 연극축제(Cedar City, UT) 교민단체관람
 1) 〈맥베드〉(2004. 10. 25)
 2) 〈All's Well That Ends Well〉(2005. 10 17)
 3) 〈베니스의 상인〉(2006. 10.14)
 4) 〈폭풍〉(2007. 9. 25)
 5) 〈Moonlight And Magnolias〉(2008. 9. 27)

7. 한국영화 라스베가스 무료감상회 개최
 1) 〈라디오 스타〉(2008. 4. 17)
 2) 〈멋진 하루〉(2010. 10. 25)
 3) 〈웰컴 투 동막골〉(2010. 12. 13)

8. 집필
 1) 주간 '코리아 포스트' 컬럼(2003. 9~2005. 5. 주 1회, 총 82회)
 2) 주간 '라스베가스 타임스' 컬럼(2006. 8.~2007. 12. 주 1회, 총 64회)
 3) 월2회 발행 '엘 엔 케이' 인터뷰, 〈지역 인물 탐구〉(2009. 4.~ 2010.
    2. 총 20회)

9. 배상환 저서
 1) 〈라스베가스 세탁일기〉(시집, 도서출판 양피지 2003. 3. 15)
 2) 〈라스베가스 문화일기〉(컬럼집, 보고사 2005. 11. 11)
 3) 〈라스베가스 찬가〉(컬럼집, 오늘의 문학사 2008. 12. 10)
 4) 〈개들이 사는 나라〉(한영 시선집, 도서출판 책나무 2010. 6. 3)
 5) 〈라스베가스에서 내가 만난 한인들〉(인터뷰글모음집, 2010. 12. 10)

10. 수상 및 위촉
 1) 모범 가정상(라스베가스 한국노인회 1997. 10. 14)
 2) 감사패(대한노인회 안산지회 2003.10.7)
 3) 라스베가스 한인회장선거관리위원장 위촉(2004. 9. 14)
 4) 한국문화 대표사절 위촉(LA한국문화원 2005. 12. 19)

5) 감사패(라스베가스 한인회 2006. 2. 14)

6) Certificate of Appreciation(LA한국문화원 2008. 6. 7)

7) 윤동주문학사상선양회 라스베가스지부장 위촉(윤동주문학사상선양회
   2008. 7. 21)

11. 타 민족과의 문화 교류

1) Las Vegas Chinese Christian Church Choir 지도(2001. 9 ~ 현재)

2) Las Vegas Japanese Community Church Choir 지도(2002. 3 ~
   2003. 11)

12. 기타 문화행사 개최

1) 가을맞이 '애창 한국가곡 10곡' 함께 부르기(2001. 10. 15)

2) 가을맞이 '애창 고향의 노래 10곡' 함께 부르기(2002. 9. 30)

3) 안보특강 '한반도의 평화와 주변정세'(강사 안광찬 2003. 7. 14 코리
   아포스트 공동주최)

4) 권려성 춤 70년 〈다시 나비가 되어〉 특별무용공연기획(2004.12.21)

5) 김성자 시인 〈라스베가스에 핀 상사화〉 출판기념회 주관(2005.2.1)

6) 라스베가스 한인 노래자랑대회 기획 및 주관(2005. 4. 12)

7) 가을맞이 '한국 시와 가곡 대잔치'(2006. 10. 2)

8) 한국전쟁 참전기념 동상제막식 교민단체참가(Cedar City, UT 2008.
   9. 27)

10) '한국 문화의 날' 초청 합창연주(Cedar City, UT 2009. 9. 28)

11) 추석맞이 유학생 50인 런치 초대(2009. 10. 3)

12) 오페라 〈토스카〉 위성실황 교민단체관람(2009. 10. 10)

13) 라스베가스 한인 도서실 오픈(2009. 11. 13 한인신문 공동운영)

14) 전중현 목사 저 〈생활 속의 믿음〉 출판기념회 주관(2010. 5. 25)

☻ 라스베가스 서울합창단 (1998-2010) 연주 일지

- 현 지휘자 배상환씨에 의해 라스베가스 서울합창단 창단(1998. 9. 21)
- 창단연주회 (1998. 12. 20) '한인 청소년 현악앙상블' 특별출연
- 제2회 정기연주회 (1999. 5. 8) 〈가정상담소 창립2주년 초청연주회〉
- 제3회 정기연주회 (1999. 12. 7)
  'Radiant Faces Gospel Choir' 특별출연
- 제4회 정기연주회 (2000. 5. 30) 'Chinese Church Choir' 특별출연
- 제5회 정기연주회 (2000. 12. 12)
  'LA 레이디 싱어즈' '소노로스' 특별출연
- 제6회 정기연주회 (2001. 5. 22)
  〈한국동요축제 및 '대관식 미사' 전곡연주회〉
- 제7회 정기연주회 (2001. 12. 18) 〈한국가곡 합창연주회〉
- 제8회 정기연주회 (2002. 6. 4)
  〈최덕신 작곡 '증인들의 고백' 전곡 연주회〉
- 제9회 정기연주회 (2002. 12. 10)
  〈사랑 노래 및 크리스마스 캐롤의 밤〉
- 제10회 정기연주회 (2003. 6. 9)
  '라스베가스 경로대학 합창반' 특별출연
- 제11회 정기연주회(지휘 김남선) (2003. 12. 1)
  'LA장로중창단' 특별출연
- 제12회 정기연주회(지휘 김남선) (2004. 5. 31)
  남성중창단 'Laseoulas' 특별출연
- 제13회 정기연주회 (2004. 11. 30)
- 제14회 정기연주회 (2005. 5. 2)
  〈한국가요 합창연주회〉 가수 '장현' 특별출연
- 제15회 정기연주회 (2005. 12. 19)
  고 지휘자 김생려선생 10주기추모음악회 〈'메시아' 연주회〉
- 제16회 정기연주회 (2006. 5. 22) 〈모차르트 미사곡 페스티발〉

- 제17회 정기연주회(지휘 김영일, 배상환) (2006. 12. 4)
  〈'독일 미사' 연주회〉
- 제18회 정기연주회 (2007. 12. 3) 〈최덕신 작곡 성가의 밤〉
- 제19회 정기연주회 (2008. 7. 7) 〈창단 10주년 기념 연주회〉
- 제20회 정기연주회 (2008. 12. 15) 〈칠공팔공 한국가요 음악회〉
- 제21회 정기연주회 (2009. 5. 4)
  〈권길상 작곡 동요 및 성가 연주회〉
- 제22회 정기연주회 (2009. 12. 7)
  〈'예수 노래' 대 잔치〉 CTS TV 2회 방송
- 제23회 정기연주회 (2010. 6. 14)
  〈'가고파에서 보리피리까지' 한국가곡 합창연주회〉

라스베가스에서 내가 만난 한인들

배상환 인터뷰 글모음집

발행일 | 2010년 12월 10일 | 지은이 | 배상환 | 발행인 | 李憲錫 | 발행처 | 오늘의문학사
대전광역시 동구 삼성1동 125-6 한밭오피스텔 401호
Tel(042)624-2980 Fax(042)628-2983
http://www.lito77.co.kr(홈페이지)
✉hs2980@hanmail.net | 등록 / 제55호(1993년 6월 23일)
ISBN 978-89-5669-416-0

값 10,000원

*잘못된 책은 바꾸어 드립니다.